檀流・島暮らし

檀 太郎
Taro Dan

Photo by Y. Ir

中央公論新社

檀流・島暮らし

目次

能古島地図

（地図作成：市川真樹子）

檀流・島暮らし

能古島暮らしの始まり

二〇〇九年の晩秋、能古島《のこのしま》に居を移し、二回目の夏を迎えた。あと数日、八月の末には六十八歳となる。現在、畑には、トマト、キュウリ、ナスなどの定番の野菜が食べ切れぬほどに実っている。野菜に関しては、九割くらいは自給できているだろう……。

どうして能古島に住むことになったのか、と、よく問われる。話は簡単、もうすぐ還暦を迎えようとしていた時、東京の家が区画整理の対象と相成った。机上プランだけの道路拡張問題には、断固反対しようと決意した。が、冷静になって考えてみると、結論が出るまでにはかなりの時間を費やすことになる。七十歳を過ぎてからの移転となると、大変な負担になる。そこで、女房殿に相談すると、二つ返事で能古へ移住することが決定。翌日からは、創立した会社のことも含めて、後始末と移転準備計画を始めた。

能古の家は、父が終《つい》の棲み家としていた廃屋を取り壊し、庭に隣接していた裏の土地を手に入れ新たに建て替えることとした。父が二年弱住まっていた家は、福岡県西方沖地震と台風により瓦が飛び、人が住める限度を失っていた。考えてみれば父の没後三十数年、ほとんど放置状態であったから、外見はともかく家の中は床も畳も朽ちる寸前であった。しかし、能古のフェリーを降り立つと、檀一雄旧宅という案内板があり、ある意味での観光の場となっている。能古に住むにあたって、島の方に、家を解体しなければ……、ポロッと洩らした本音に対しての反応は、いささか厳しかった。

「まだ直せば、住めるとやなかね。勿体なかバイ。お父さんな、泣きなはるじゃろ」

予期せぬ新たな問題を前にして、こうなったら我を押し通すしかないものと、半ば開き直ったというのが正直な心境。

当初の予定は、三年後に引っ越しを考えていたが、そう簡単には事は運ばない。悶々とした日々が二年ほど続き、ようやくにして道が開き始めた。父の家があった所はなるべく手を付けずに庭として残す、新居は出来るなら買い足した土地に建てよう。そう考えたの

檀一雄旧宅（のこのしまアイランドパーク提供）

だが、購入する土地は農地。能古は市街化調整区域となっているので、これまた農地転用を申請しなければならない。ただ一つ、運のよいことがあった。何と買い足す土地の四割が、構図上では父の土地になっており、しかも宅地である。行政の細かいことは解らぬが、その幸運を大いに利用することにした。

まず最初に手掛けたのは、父が生前から建てたいと希望していた母律子への哀悼の碑である。これは、父の家を壊す罪滅ぼしにも繋がる。歌碑の落成後、地鎮祭、井戸掘り、畑作りを終え、ようやくにして基礎工事が始まり、二〇〇九年の十月十日に愛犬を車に乗せ引っ越しの完了。未だ家は八割くらいしか完成していなかったが、工務店と相談して、暮らしながら細部の詰めをしていくことにした。結局、完成したのは翌年の三月。何となく能古の住人となったのは、六十六歳の春であった。

自給自足　土との戦い

能古島に移住を決意した際、女房殿から重要な提案があった。

「能古には、スーパーはおろかコンビニひとつないのでしょう……。だったら、野菜は基本的に自給自足するしかないでしょう。練馬区には、体験農園という制度がありますから、しばらくそこに通って野菜の作り方を教えていただきましょう。申し込んでおきますね」

否も応もなかった、確かに能古には店らしい店は皆無に等しい。辛うじて昔風の雑貨屋さんが一軒と、酒屋が二軒。フェリー乗り場近くに数件の売店はあるものの、すべて観光客を対象にしたもの。生活必需品となると、一〇分ばかり船に乗って、対岸の姪の浜まで買い出しに行かねばならない。いくら福岡の物価が安いといっても、一本百円の大根を買うのに往復四百四十円の船賃を払うわけにはいかぬ。女房殿の仰せの通り、体験農園とやらに通って家庭菜園の知識を学ぼう、と気を取り直した。

体験農園とは、一九九六年に何と江戸時代から代々続く練馬区在住の農園主が発案し立ち上げ

能古島の檀家の菜園

た、いわば農業の学習塾。一区画が十坪あるのだが、貸農園と異なり一切自由には作付けができない。塾長の作成した年間を通してのカリキュラムに従い、畑を起こし種を蒔き苗を植える。勿論、肥料も農具などもすべて農園で用意してくれる。我々塾生は、節目節目の講習会に参加し当面の農業実習を受ける。後は、銘々が週に一、二回農園を訪れて、教え通りの作業を行えばよい。

当初は、一平米にも満たない区画にホウレン草を植えても、絶対に足りないだろうと思っていた。ところが、実際にホウレン草の収穫期になってみると、食べ切れぬほどの量に驚く。すべての野菜がそうである、六株ほど育てたツルなしインゲンに至っては、最盛期には一〇リットルのバケツに山盛りの収穫。年間を通して五十種を超える作物を育てるのだが、最も嬉しかったのがスーパーで売っているような大根やキャベツ、白菜が収穫できたこと。しかも、ほとんど無農薬（アブラムシが発生した際、軽く食器を洗う洗剤で消毒した）であり、その味は絶句してしまうほどにおいしく、女房殿と涙を流しながら味わった。

こんなことが二年ばかり続くと、妙な自信と野望が脳裏をかすめる。能古島に暮らすにあたって、家庭菜園を充実させ太陽光発電も取り入れ、徹底したエコライフを実践しよう。ボクたち夫婦に続く年代の方々は、俗にいう団塊の世代。既に続々と第二の人生を始められている。だったら、後に続く人たちの手本になる暮らしを始めよう。と、いささかおこがましい考えを持ったのだが、我が能古菜園は昔水田であった。だからであろう、雨が降るとぐちゃぐちゃにぬかり、晴天が続くと土は日干しレンガのように固まってしまう。鍬を力一杯打ち込んでも、跳ね返って来るような大地。練馬のサラサラとした黒土とは大違い。こうなると、しっかり堆肥を施して根気よく耕さねばならない。作物は育つものの、数年の間は土との戦いだろう。

能古の食べもの

能古島に住み始めて、あと一カ月もすると丸二年となる。島の暮らしにもようやく慣れてきたし、数軒の方々だけではあるがお名前と顔が一致するようになってきた。だが、同じ町内に住まわれている一部の方だけである。そこで、能古に移住してから欠かさず励行しているのが挨拶。とにかく、会う人毎に「お早うございます、こんにちは」と、笑顔と声を大きくして挨拶を交わしている。大きな声を出すのは、島の大半の方がお年寄りで耳が遠いこともあるし、常に父から挨拶だけは声を大きく、と命ぜられていたからだ。

父の挨拶は、素晴らしかった。繁華街はともかくとして、自宅近くの商店街で買いものをしているとき、突然声をかけられても「ハイ、こんにちは」とか「ハイ、檀です」と、明確な口調でにこやかに対応をしていた。こうした父の爽やかさが、多くの方々に愛されている要因のひとつのような気がする。父が世を去って三十五年の月日が流れたが、能古にある歌碑と文学碑には、有り難いことに現在も多くの方が訪れてくださっている。何処からか、「ハイ！　檀です」と父が大声で挨拶をしているような気がする。

能古での生活は、基本的には女房殿との二人暮らしのはずだったが、二人きりになれるのは月のうちの半分あるかないかではなかろうか。絶えず、誰かしらが泊まりに来てくれている。となると、食事の献立にも工夫が必要。幸い、畑に赴けば何かしらの食材は確保できるから、野菜類に関しては心配ない。朝食用のパンも、食パン、ライ麦パン、カンパーニュもどきも、ラ・トラディション・フランセーズという最高の粉を取り寄せ、女房殿が焼いてくれているので何の問題もない。ただ、どうしても手に入らぬのが、動物性の蛋白《たんぱく》質。島には、スーパーはおろかコンビニですら一軒もないので、必要なものは十日に一度程度対岸のスーパーに買い出しに赴く。ただし、気に入ったチーズ等の嗜好《しこう》品は、東京や大阪からやって来る客人たちに所望するのが常。

山盛りの小アジ

島に暮らしていてもう一つ不自由なのが、魚。

住人には漁師さんが多いから、魚屋は必要ないのである。まったく手に入らぬわけではないが、事前にお願いに行かねばならないし、欲しい魚を漁師さんが調達できるはずもない。となると、客人を伴って釣りに出かける方が手っ取り早い。こうした釣りの中で、盆過ぎから十一月くらいまではアジ釣りが確実だ。その日の潮の加減で多少差はあるものの、一時間くらい竿を出していれば、四〇～五〇尾の小アジにありつける。釣ったアジは家に持ち帰って、空揚げにしたり天ぷらにしたりする。大量に釣れたときは、南蛮漬けやタタキで味わう。さらに釣れた場合には、マイナス六〇度の冷凍庫で凍らせ、客へチーズのお返しとする。能古に住み始めて二年。釣れる魚の種類は限られるが、近い将来ヒラメやスズキの大物を釣り上げて、馳走にしたいと心より願っている。

文化も、欲しい

今、二台の車を所有している。東京に暮らしているころと比べると、極端に車を利用することが減った。にもかかわらず、複数の車を所有するのは贅沢な話かも……。が、能古島という離島で生活していくためには、車は絶対不可欠。その理由のひとつが、郵便以外の家に配達されて然るべき荷物は、フェリー乗り場まで車で受け取りに出かけなければならないからだ。有り難い友人たちが、能古での生活を気遣って、島では手に入らぬ品々を送ってくれる。インターネットで購入した物品も、宅配業者から連絡が入ると船着き場まで引き取りに行く。

また、東京で生活していたときの数倍の客が、我が生活をのぞきにやって来る。客の出迎え、島の案内等々……。という事情で、車なしで生きるなんて、今時の言葉で表すならば、ムリ。さて、どうして二台なのかと申すと、フェリーの料金が問題。軽自動車でさえ、往復で三千円を超す船賃。月に七、八回島から出るとして二万数千円の支払いになる。だが、対岸の姪の浜の市営駐車場は、月に五千円。そんなわけで、島には軽自動車、都会側には普通自動車を置いていると

庭からの博多湾の眺め

いうのが現状。

　たまには街に出かけたり、音楽を聴きに行ったり、夫婦で外食もしたいし温泉にも浸りたい。これらが、車二台所有の理由だろう。

　しかし、よくよく考えてみるに、自然環境という点では能古は確実に豊かである。海があり、イノシシが棲む原生林もあるし、おいしい野菜と果物が実るミニ農園もある。そう、足りないのが、アグリのつかないカルチャーかもしれない。やはり、人間生き存《ながら》えていくためには、物心両面の文化を必要とする。能古は、橋が架かっていない純粋な離島。それ故に、豊かな自然が守られてはいる。また、一〇分足らずでフェリーが文化圏へとトランスポートしてくれる。一見、不便に思える暮らしではあるが、ボクにとっては快適な桃源郷。その架橋《かけはし》がフェリー、ボクを現世へと引き戻してくれる、まことに有り難い船なのである。

檀家のルーツ

父、檀一雄が眠る福厳寺

父檀一雄は、山梨県南都留郡谷村町《みなみつるぐんやむらちょう》で生まれた。そしてボクは、板橋区下石神井二丁目で生を受けた。後に板橋区から分離し、練馬区石神井町になった場所である。だが本籍地は、父もボクも福岡県の柳川であった。そう、祖父の参郎が柳川は沖端町《おきのはたまち》の出身で、勤めの関係で日本各地を転々とし、山梨で久留米出身の祖母との間に父を授かったのである。

ボクの母律子は、博多の開業医の娘で福岡女学院を卒業した生粋の博多っ子。見合いで父と結ばれた後、作家志望の父とともに上京。石神井の間借り先でボクを産み、暫《しばら》くして父は陸軍報道班員として中国へ渡る。母はボクを抱えて夫の帰りを待つ間に肺結核に罹病、父の帰国とともに糸島半島小田

檀家の墓

の浜にて療養。今の世であればストレプトマイシンを代表とする特効薬で完治したのであろうが、昭和二十一年四月桜の花とともに散っていった。

母律子のことは、父の代表作『リツ子　その愛・その死』に克明に描かれていて、母への朧《おぼろ》げな記憶と重ね合わせると、ボクの律子像が鮮明に蘇る。その後、母を亡くしたボクと父は福岡県内を流転した後、新しい母とともに再び上京。四人の弟妹を授かるが、一番上の次郎は若くして他界。長女が、ふみである。

奇《く》しくも、来年は父の生誕百年。これを機に、檀家のルーツなるものを出来うる限り正確に調べてみようと考えている。母律子の縁戚も、現在は没交渉に近い。ボクと同世代の従兄弟《いとこ》はまだ福岡にいるはずだから、何としてでもコンタクトを取ろうと思う。檀の家系のあらましは、柳川の役所に出向けば分かるはず。考えてみたら、祖父の代から菩提寺は元柳川藩主と同じ名刹福厳寺。父が、この福厳寺に永久に眠ることを望み、墓碑銘を認《したた》めて友人に託した理由が、能古に居を移した今、ハッキリと分かるのである。今後、柳川には足繁《あししげ》く通い墓守をするのと同時に、我が一族のことを少しでも明確に調べれば、父も喜んでくれるだろうし、孫たちにも血縁を語り継ぐことが出来るのではなかろうか。

博多はアジアの玄関口

ボクが福岡市に移住したことを知って、友人たちの中には「ダンさんみたいな国際人が、離島に引き籠って寂しくない？」というふうに心配してくださる方がいる。が、心配は御無用。福岡はかつての住まいがあった東京の練馬より、数段国際的な街である。

確かに、超一流のブランド店の規模や品数は、銀座や丸の内、青山に比べると見劣りはするかもしれない。しかし、どう考えても、日がな一日を畑や浜で過ごすのに、銀座の高級ブティックのお洒落《しゃれ》着は必要ないだろうし、もとよりそうしたものにはとんと興味がない。

福岡空港から飛行機を利用すると、お隣の釜山までは約一時間。ＪＲの高速船に乗れば三時間足らず、新幹線で京都に向かうのと同じ時間だ。上海や香港にだって日に数本の便がある。つまり、福岡は日本でも有数の国際都市であると言いたいのだ。

ボクは釜山が大好きで、東京に住んでいたときも年に二回は訪れていたほど。その理由は、釜山と慶州を結ぶ道の途中に、韓国の三大仏寺の一つである通度寺という名刹《めいさつ》中の名刹がある。広

性坡さんがつくる味噌、醬油、唐辛子味噌の瓶

大な寺の敷地中に庵が十三ほど点在しているが、そのひとつに、瑞雲庵がある。庵主の性坡《ソンパ》・君僧人《クンスニン》は、日本式に申せば大僧正。二十年ほど前に、瑞雲庵でお会いして以来懇意にさせていただいている。性坡さんはかねてより危惧されていた、韓国の衣食住の文化の衰退を、通度寺本院の住職を辞された後、本来の文化を戻すべく庵にて活動されている。

陶磁器、染色、韓紙（手漉き紙）、藍の栽培。テンジャン、カンジャン、コチュジャン（味噌、醬油、唐辛子味噌）の再現。そして書、絵画。最近では総漆塗りの蔵経閣を建立され、八万巻の経を陶板に写して納められた。その性坡さんに馳走していただく、伝統的精進料理は絶品。料理もさることながら、純粋に性坡さんの笑顔に出会うと心が洗われる。そんなわけで、普段は野良着の暮らしに甘んじ、年に数回国際都市博多の玄関口からアジアへと飛び出す。

虫とのバトル

一年ぶりであっただろうか、福岡空港を飛び立ち、釜山の金海国際空港に到着。二泊三日の短い旅ではあったが、韓国宮廷料理のおいしさには感動させられた。できれば、四季折々の旬の食べものを満喫したいと願っている。考えてみたら、福岡と釜山までの距離はおおよそではあるが、福岡から岡山と同じくらいだろうか。船であれ飛行機であれ簡単に行けるのだから、これからの人生、韓国の小さな町を訪ねて大いに楽しもうと思う。

韓国の料理というか食べ方には、包むという方法がある。日本の料理で比較するならば、いなり寿司とか茶巾寿司のような趣もあるが、少し異なる。

韓国の代表的な料理であるキムチの中にポッサムキムチというものがある。ポッというのは、漢字で書くと「宝」、サムは「包む」という意味らしいから、宝を包んだキムチという意味合いだろう。韓国で大衆的な食べものといえば、まずは焼肉だが、この焼肉を食べる際にも韓国の方々は肉や御飯を包んで味わう。肉と一緒に必ず出されるのが、サンチュ。正式には、サムチュ

畑に吊されたフェロモントラップ。この中に300頭を超える夜盗蛾のオスが入っている

と発音するらしい。これまた漢字に直すと、「包菜」になるのだとか。この外にも驚いたのは、サムジャン＝「包醬」というのがあり包むときの専用の味噌である。

何気ない韓定食の中にも色々な食べ方があり、この方法を何とか我が家の食卓でも取り入れようと、サムジャンを手に入れサンチュの種も畑に蒔《ま》いて育てている。他にもエゴマの葉やサニーレタスと巻レタス等、何でもかんでも野菜で包んで食べれば、日常の生野菜不足が解消され体にも悪いはずがない。

そう思い立ち、サンチュの畑は特別に可愛《かわい》がっていたのだが、何とハスモンヨトウ（夜盗虫＝夜盗蛾の幼虫）という小さなギャングがいてサンチュやキャベツの葉を食い荒らしているではないか。さりとて、食べる寸前まで成長した野菜たちに殺虫剤を散布するわけにはいかない。絶対に農薬は使わぬ育て方をして、安心して生野菜を口に運びたい。

そう考えていたら、女房殿がネットで夜盗虫専用のトラップを見つけ出した。つまり、蛾のオスを強力なメスのフェロモンで誘《おび》き寄せ、一網打尽にしてしまうというのがこの装置の狙い。説明書には、七十頭くらいのハスモン夜盗蛾が取れた、と記してある。半信半疑で説明書の通りに設置してみたら、翌朝に夥《おびただ》しい数の蛾が入っている。数を数えてみたところ、百頭くらいで気持ちが悪くなり諦めた。恐らく三百は超えていただろう。今のところ、トータルで二千は優に超えていると思う。この蛾がメスと交尾して卵を畑に産みつけたら、と想像するだけで嫌になってくる。昨年のことを思い出すと、夜な夜な畑に出て懐中電灯で野菜を照らし、夜盗虫を手で摑《つか》んでは始末していた。その数も半端ではなかった。しかし、今年の畑はかなり改善されている。まったく虫がいないわけではないが、かなり少ないのは事実。この調子だと、しばらくは美しくて旨《うま》いサンチュが楽しめる。

嬉しい収穫

先週、立冬を迎えた。ゴールデンウィーク前後に植えた、根野菜の収穫時季と相なった。どんなものを植えたのか、参考のために列記してみよう。まずは、里芋。この里芋の親芋は、東京の体験農園で育てていたもので、何と江戸時代から栽培されている品種であるとか。里芋に関しては、試し掘りをしてみたが、まだちょっと早いようであった。能古の方に分けていただいた、つくね芋。これも、未だに茎や葉が青々と繁っているので、もう少し後にしようと思う。うまく育っていてくれれば、年末に麦飯を炊いて麦トロが楽しめる。

既に掘り起こしたものといえば、サツマ芋。これは、四国の金時系の赤い芋。昨年は芋が育たぬうちにイノシシに食い荒らされ、全滅に近い状態であった。不思議なもので、イノシシが主根を荒らすと、いくら葉が繁ってもほとんど根が成長しない。半年の間、追肥をしたり草を刈ったりと、無駄な愛情を芋に注いでしまった。が、今年は畑の周囲に太い針金を組んで作られたネットを張り巡らせたので、イノシシが潜入した形跡はまったくない。サツマ芋の出来映えも見事、まるで買ってきた芋のようである。このサツマ芋、取れたてより、数日天日に晒《さら》して乾かした方が味がよい。もう一つの収穫が、ショウガ。このショウガには虫がほとんどつかないので、比較的育てやすい。今、毎日のようにガリを作り、食事の度に味わっている。他にも、これまた体験農園から送っていただいた、関東の白ネギがある。ネギに関しては十二月から一月にかけてが旬。今は、根から青いところまでの白い部分をしっかりと長く伸ばすように、土をかけたりモミ殻を被せて、柔らかくて甘いネギが育つことを願いながら日々努力を重ねている。

収穫したものの中で、最も嬉しかったのがジャンボピーナツ。これは数年前、千葉県知事をされていた堂本暁子さんが県の特産品として推奨されていたもの。普通のものと比べると、五倍くらいの重さがあり、掘り立てを茹《ゆ》でて食べるとかなりおいしい。まずは掘り起こしたピーナツを、丁寧に水を数回替えながら洗う。これを圧力鍋に入れ、水をひたひたにして一〇分加熱。火を止めたら余熱で二〇分置き、ざるに空ければ茹でピーナツの完成。好みにより、茹でる際に塩

ジャンボピーナツ（上）とふつうのピーナツ

を入れるのも一考。ボクは後でピーナツ汁粉を作るので何も入れない。

このピーナツ汁粉は、ボクの好物中の好物。自家製のピーナツで汁粉を作るのは、昔からの夢でさえあった。茹でたピーナツの殻を剝き、鍋に入れる。柔らかいので潰れたり、少し黒ずんだものも出てくるが一切気にしない。これを鍋でことことと煮込むのだが、若干の塩と、砂糖は好みの量を加える。ピーナツ自体の甘さを楽しみたいので、ボクは控えめにしている。出来上がったピーナツ汁粉の味わいは、格別。実は驚くほどに大きいがクリーミーで甘い。余ったものは、冷凍ができるから喜び倍増。堂本さんに、感謝である。

香り豊か　自慢のつくね芋

檀家には、ふたつの畑がある。ひとつは、父が所有していた梅林を開墾して野菜用の畑にしている。もうひとつは隣接しているビワとスモモの畑を、地主さんから借り受けている。この借りた畑は、以前から貸農園だった場所のためか、ビワとスモモが思いつくまま無計画に植えられている。もう少し畑のレイアウトをしっかりすれば、素晴らしいものになるのだろうが仕立て直すのには十年近くかかるだろう。致し方なく、成りものはそのままにして、空いているスペースに比較的放置しておいてもよいような野菜を植え、そのほとんどをボクが管理している。

一方、女房殿の管理下にある畑は、丸三年を費やして土壌を改良しながら、だましだまし蔬菜《そさい》類を中心に育てている。が、最近の畑の様子は素晴らしい。畝《うね》を高くして堆肥を入れ土をふわふわにしたからだろう、ダイコンやニンジン等の根ものは、八百屋さんで売られているものと比べても何の遜色もない出来映え。残念ながら、キャベツやハクサイといった葉ものは夜盗虫の襲撃に遭い、見かけは今ひとつだが味はすこぶるよろしい。無農薬で育てているから致し方ないけれ

おいしく育ったサツマ芋

ど、来年こそは害虫を寄せつけぬよう春先から対策を講じようと思案中。でないと、女房殿の苦労が報われない。

ボクの管理下にある果樹の間の畑は、サツマ芋、サト芋、ショウガ、ニンニク、タマネギ、白ネギといった類の、植え付けてしまえば手のかからないものばかりである。と言ったって、まるで放りっぱなしということではない。追肥をしたり草刈りをしたりと、多少の面倒は見ている。ただ、ボクが植えているものは、すべて育つ期間が長いものばかり。中には、キャベツやレタスといった、女房殿が種から育てた苗の余りを、捨てるのは可愛想なので小さな畝を起して育てている。しかし、不思議なことにボクの畑の方にはほとんど虫が来ないので、やや遅れながらも何とか形になってきた。抑制栽培効果が出たのかもしれない。

そんな作物の中で、元肥として鶏糞と竹堆肥だけを施して植え込んだつくね芋が思いがけず立派に育った。生まれて初めて植えたのだが、親指の先くらいの種芋が二〇センチくらいの大きさになってくれた。ま、形は自慢できるものではないし、根分かれして妙な姿にはなってしまったけれども、当たり鉢で擂《す》りながら味噌汁を加えトロロ汁にしたら、旨い。放任したためだろうか、栽培芋らしくない粘り気と香りが豊かで、思わずタロー芋だとほくそ笑んでしまった次第。十株以上できているので、二人の息子の家によきプレゼントができたと喜んでいる。確か、トロロ芋の仲間はオガクズの中に保存しておくと、かなりの期間持つようだ。オガクズを手に入れる方が難しいかもしれないが、ホームセンターにでも行けば、何とかなるだろう。正月の節料理に飽きたころ、細めの短冊に切って二杯酢で食べたらさぞかし旨いだろうと、今から楽しみにしている。

メタボリック・カマキリ

十一月初旬、風呂場の脱衣所に珍客が訪れた。朝、洗顔をしていると、窓辺にふと動く気配を感じ、見てみるとカマキリがこちらの様子を窺《うかが》っている。恐らく窓を開けた際に侵入したのだろうが、その日は急に冷え込んできたのでそのまま放置した。だが、愛する奥方には「脱衣場の隅に、カマキリがいるから驚かないでね」と報告。でないと、卒倒する可能性も大……。

このカマキリさん、翌日もその翌日も逗留《とうりゅう》、範囲は狭いけれど動いている様子はある。だが立ち去る様子は一向にない。室内に居座り、迷い込んでくる蛾とか他の虫を待ち続けているようだ。辺りをよく調べてみると、窓枠のレール付近に虫の屍《しかばね》の形跡もある。が、奴《やっこ》さんは、日に日に痩せ細ってきているような気もしてきた。カマキリとは、一体どんな餌を食べるものなのかネットで調べてみると、青虫、蛙、バッタの類を捕食する益虫、と記されている。急に、カマキリの存在が愛しく感じられるようになり、何か餌を与えねばという義務感が湧いてきた。

そうだ菜園には厄介者の夜盗虫がいるではないか、と、閃《ひらめ》いた。九月半ば頃に植えた、畑の冬野菜の苗のことごとくが、虫に食い荒らされてレース状になりかけている。犯人は、青虫と夜盗虫の仕業であることは明白。そこで、ものは試しと、箸の先に憎っくき夜盗虫を乗せ、カマキリの目の前にちらつかせてみた。すると、夜盗虫をギザギザの付いた前足を鎌のように用い、目にも止まらぬ早業で挟み取った。今度は、三角頭の先端にある獰猛《どうもう》そうな歯を、夜盗の腹の柔らかい部分に押し当て、旨《うま》そうに夜盗の緑の体液を啜《すす》り始めた。

迷い込んできたカマキリ

然して、カマキリに給食を届けるのがボクの日課となり、奴は多い日には四匹、少なくとも一匹はおいしそうに完食。こんなことをひと月ばかり続けると、カマキリの腹が徐々にふくらんできて、動きも明らかに緩慢になっている。時には、餌を食《は》んでいる最中に止まり木にしている胡蝶蘭の鉢から転落。遂《つい》には後ろ足を折り、仰向《あおむ》けに倒れると起き上がるのにも支障を来し始めている。こうなると、完全にメタボ。昆虫の世界にも肥満があるとは、と妙な感心をしてしまう。

思えば、わたくし奴《め》も八年ばかり前に糖尿病と宣言された。一七五センチの身長に対し、体重八四キロ。靴のヒモを結ぶのにも息切れがするし、仰向けに寝ると腹部が山になっている。血糖値が一四〇、ＨｂＡ１ｃが七・四。医者には、インスリンの注射を食前にするよう宣言された。ただし、一カ月の猶予期間を与えるので、カロリー消費のための運動と食事制限をせよ、との命令。注射が嫌いなので、女房殿に相談し一日一三〇〇キロカロリーの食事と、最低一万歩の早足散歩を励行。寝る三時間前は、絶対に飲食をしない。年に二回、人参ジュースダイエット合宿にも参加。二年前に能古島に移住したが、島には野菜と魚しかない。その結果、体重は六九キロ。血糖値も正常。逆に、コレステロール値が低くなり過ぎたとか……。カマキリの姿を観察し、改めて健康の有り難さを認識しているところ。

薪ストーブで冬の温もり

能古島に移住して、三回目のクリスマスを迎えた。と言ったって、何一つクリスマスらしいことは行っていない。東京での暮らしの中で、息子たちが独立するまでは、鶏の丸焼きを拵《こしら》えたりツリーを飾ったりと、世間並みのことだけはしてきたつもり。だが、街の喧噪《けんそう》からかけ離れた島の中には、クリスマス・ソングが流れることはない。そう、我が家におけるクリスマスらしいことと申せば、夫婦二人で薪ストーブを前にして、コーヒーを飲みながら手製のケーキを食べることくらいだろう。とは言うものの、暖房の薪ストーブは冬の間中は燃やしている。我が家の暖房は、基本的には電気を用いた床暖房システム。昔から韓国のオンドルに憧れていて、何とか床暖にしたいと願っていた。ただし、電気を使うということは、今の御時世の中ではいささか後ろめたい。そこで、新居は屋根全面に太陽光発電を設置しようと考え、業者に依頼をしたのだが、思わぬ障害にぶつかった。国では太陽光の利用を奨めておきながら、発電量の上限を定めている。つまり、一般家庭では一〇キロワットを超える設備には補助をしないという馬鹿げた話。この辺

燃えさかる薪

りでも、電力会社と政治家、官僚は将来を見据えるビジョンがないことを露呈してしまっているのでは……。

能古に移り住んだ当初は、薪ストーブを燃やすことは脳裏になかった。床暖と補助のエアコンだけで冬は乗り切れるものと信じていた。が、エアコンはうるさいし不経済。長男が薪ストーブの良さを力説し、揚げ句の果てにストーブを勝手に注文。ストーブの価格はともかく、煙突の値段には驚いた。軽自動車一台分の価格である。しかも、薪を購入していたら、家計に響くことは、目に見えている。しかし、運がよいことに、島を歩いているとあちこちで邪魔な木を伐採していて、その処分にかなりの経費を使うのだとか。そこで、恐る恐る木を下さいと申し出ると、二つ返事でオーケーが出た。後は、友人にお願いしてトラックで家に運ぶだけ。では、済まなかった。運び込んだ丸太を薪の長さに切り、割らなければ薪にはならない。

畑を耕すのもひと苦労だが、薪割りにはかなりの要領と体力が求められる。ただ斧を振るい落とすだけでは、薪は割れてはくれない。木目に沿うように斧を落とさねば、斧は跳ね返される。世の中には、油圧式の薪割り機なるものもあるが、もう少し体力が落ちてから購入しようと思う。

一つ心配だったのは、薪を燃やすことによってCO_2を排出することだろう。が、息子が注文したストーブは触媒方式で燃焼させるため、完全燃焼し、公害を抑える工夫がされているのだとか。さすが北欧製と、感心している次第。後は、今後の薪の補充のこと。現在、手持ちの薪は約三年分。燃え尽きる前に準備をしておかねばならないが、クヌギの木を提供して下さる方が見つかった。クヌギは切っても切り株から再生し、二十数年経つとかなりの太さに戻るとか。この古株を「山おやじ」と呼ぶらしい。ともあれ、今後の暮らしには、しっかりエコを考えて生きていかねば、次の世代の人々に多大なつけをまわすことになる。エゴライフは避け、つつましく暮らそうと願っている。

檀家の正月風景

福岡県人となっての三回目の正月も、どうやら無事終えることができた。今年は、長男夫婦が来られなかったものの、次男夫婦が二歳の孫を連れてやってきた。加えて、ブラジルから日本語の研修生として来日している、女房殿の姪《めい》の娘も日本での初正月を迎えるべく我が家に寄宿。普段はふたりきりの静かな暮らしだが、年越しからは家族が四人も増え急に賑《にぎ》やかになった。おまけに、二日からは鳥取から友人も泊まりにきたし、子供連れの年始の客が三組ほど訪れてくれ、女房殿は座る間がないほどの忙しさ。

本来ならば、正月料理というのは三が日に働かなくてもよいようにと、年末に節料理を作り置きをし、これを重箱や大きな器に盛り合わせ、雑煮のような温かい汁ものと一緒に味わうものだと、父から教えを受けている。雑煮にしても、二種類ほどの出汁《だし》は晦日に大量に作って冷蔵庫に保存。具として添える、焼きブリや鴨肉も同様に準備する。カツオ菜も茹でてから水を切り、冷蔵庫に入れておけばしばらくは持つだろう。蒲鉾《かまぼこ》やニンジン、シイタケにしても然り。スープを温めたり餅を焼いたりすることは、何もできぬと決め込んでいる男にだって可能なはず。せめて正月の三が日くらいは、女房殿を煩わせることなく、のんびりとさせてあげたいと心から願っている次第。

丸餅と、板状の伸し餅、
伸し餅を切ったものが手前の角餅（切り餅）

とは申すものの、ボクが確実に行っていることといえば、餅を焼くことくらいだろう。昔の暮らしであれば、どこの家庭にも火鉢があった。炭火を囲んで五徳を据えその上に鉄網を置けば、餅でも目刺しでも焙《あぶ》ることができたし、鉄瓶などで絶えず湯を沸かしていた。が、最近は住宅事情が変わった。部屋が狭いことに加え、マンションなどは気密性が高いから、簡単に一酸化炭素中毒を起こしてしまう危険性がある。石油の普及や各家庭にエアコンの設置が当たり前になってしまうと、日々の暮らしの中で炭火を熾《おこ》すということは、自然に消滅してゆくことになる。今の家庭では、古い火鉢の上に厚手のガラスを乗せ、サイドテーブルのような姿で稀《まれ》に使われている程度。悲しいかな我が家でも、餅はオーブントースターで焼いているのだから、あまり偉そうなことはいえないのが現実だ。

ところで、福岡に移住して最初の正月を迎える際に、餅を搗《つ》いてくださるという有り難い申し出があったので、伸し餅を三キロほどお願いしたのだが、五センチくらいの厚さの異様な餅が届いて驚いた。普通伸し餅というと、Ａ４くらいの長方形で、厚さは二センチ程度である。恐る恐る伺ってみると、過去に伸し餅を作ったことがないので、分らなかったそうである。考えてみたら、関ヶ原を境にして東が伸し餅で、西はほとんど丸餅である、と、聞いたことがある。同じように、うなぎの焼き方も、西は弱火で焼きながらタレを付ける。東は一度素焼きにした後で蒸し、改めてタレを付けて焼き上げるのだとか。味噌や醬油の作り方も、関ヶ原辺りを境に微妙に変わるようだ。両親は福岡出身だが、ボクは六歳の頃から東京で育っている。したがって、東西の食文化の違いに違和感はなかった。ともあれ、日本列島は長い。それぞれの地方の食の異なりを確かめ暮らすのも、楽しいイベントではなかろうか。

我が家のパン

能古島に終の住処《すみか》を定めた後、以前の暮らしと大いに変わったことといえば、買い物に出かけることが極端に少なくなったことかもしれない。このことは、今の日本の社会現象に符号するようでもあるが、インターネットを利用しての購買が著しく増えたのが理由だろう。とくに女房殿はネット購入を、いとも簡単にこなしている。当初は、「パソコンなんて」と随分抵抗していたが、今ではボクの何倍かは操作に長《た》けていると申しても過言ではない。

その理由として、島には雑貨屋らしき店が一軒あるだけ、ということが考えられる。が、それだけではない。本を買うにしても、音楽のCDが必要になっても、ネットを操る方が手っ取り早いのが最大の要因だ。しかも、注文をするとその翌日には送料無料で手元に届くから驚きである。書店などで必要なものの在庫がない場合には、一週間くらい待つことは常であった。ま、これを流通革命とでも言うのだろうが、瞬く間に世の中のシステムが変化してしまうのだから、我々の世代は追いつくのに必死である。

檀家の自家製パン

ただし、「銀ブラ」という言葉に象徴されるような、どうでもよろしい時間の浪費は、まったく出来ない。ちなみに、銀ブラという言葉は、東京の銀座をぶらぶらと歩くこと、という解釈もあるけれども、銀座のパウリスタでブラジルコーヒーを飲む行為を、今風に詰めた言い回しで、銀ブラと言ったのだとか……。考えてみたら、離島に住み始めて以来、極めて規則正しい生活を営むことを余儀無くされている。朝は、太陽が昇る前には確実に布団を抜け出して、愛犬の散歩がてら日の出を拝している。夜は夜で十時頃には鼾《いびき》をかいての大爆睡。だからだろうか、体の調子は頗《すこぶ》る快調、問題は歯だけである。

　こうした単純明快な暮らしを、今は当然のことのように送っているが、移住計画を目論んだ頃は不安だらけであったことは事実。まず女房殿が心配したのが、パン。彼女は、市販されているトースト用の食パンは好みではない。どちらかというと、かなりヘビーなライ麦をベースにしたようなものや、カンパーニュといった類のハードなタイプを喜ぶ。そんなわけで、東京に暮らしている時でさえ気に入った店は二、三軒。「福岡に行ったら困らないよう、自分でパン焼こうかな」と、その日から数冊の本を買い込み、パン焼きの実験が始まった。食パンには、春豊という強力粉。ライ麦と全粒粉などのブレンドは、持ち重りのする黒パンになる。カンパーニュやフランスパンのようなセミハード系には、ラ・トラディション・フランセーズという、かなり高価で高級な粉を使っているらしいが、この粉を餃子にすると絶品。

それでも、十回目くらいからは、彼女の嬉しそうな笑顔が見られるようになった、と同時に家中に香ばしいパンの匂いが漂い出したのは不思議。好きこそ物の上手なれ、なんてことを聞いたことがあるが、女房殿の努力には頭が下がる思い。という次第で、現在は衣食住の生活雑貨と肉以外は自給率が高くなり、買い物に出る必要性が激減。しかし、かなりのことを自分の手と体で捻《ひね》り出すのだから、時間と体力を浪費しなくてはならない。こんな素晴らしい暮らしをいつまで続けられるのであろうか、喜びと同時に不安も時折去来する。

檀一雄生誕百年

　我が父、檀一雄は明治四十五年（一九一二）二月三日、現在の山梨県都留市で生まれた。ただし、当地に暮らしていたのはほんの数カ月であったと聞いている。祖父参郎が文部省の技官だったため、福岡工業学校、弘前工業学校、足利工業学校等々転々としながら、家出した祖母トミの代わりに幼い妹（ボクにとっては叔母）三人の食事の世話、そして家事全般をひとりで行っていたらしい。そのためだろうか、料理には自信があり、後に『檀流クッキング』を認《したた》めている。

　本籍は、福岡県山門《やまと》郡沖端村だから今の柳川市。父の祖父の家は、北原白秋の生家と隣り合わせで、後に北原家が火災に遇い消滅すると、その地は曽祖父の名義になったという。ともあれ、父一雄は柳川に深い愛情を持ち、終生柳川を故郷と公言していたのは事実。奇《く》しくも、本日二月五日は柳川に於《お》いて『檀一雄生誕百年祭』が催される。父の没後、足掛け三十七年の日々が経っているけれども、いまだに多くの方々が父を慕ってくださることは本当に嬉しい限り。と同時に、偉大な父を持ったことに、改めて誇りを覚えるのである。

ボクが建て替えた能古の家

我が父君は、料理の腕前もさることながら、家を見つける才能と決断には素晴らしいものがあったと思う。これは、幼少の頃から各地を点々としていたからだろう。潜在意識の中に、それぞれの地方の住むにふさわしい場所を感知し、植え付けてきたからではなかろうか。今、ボクが住んでいる能古も素晴らしい場所だし、東京の石神井公園の家も大変よい環境にあった。それればかりではない。今となったら時効だから申し上げるが、恋人と身を寄せていた住まいも、なかなか良い場所にあったように思う。

この父君から、ことある毎《ごと》に説教を受けたが、父はよく坂口安吾さんが口癖のように言っていた言葉を使っていた。「檀君、世間一般的には、親はなくとも子は育つと言うが、親があっても子は育つものだよ」と。

そして「タロー、あなたは私の息子です。私の目の黒い間は、あなたの不始末の尻拭いはどんなことでも致します。ただし、目が白くなってきたら何もできません。あなた自身で、よろしくね」と、父も口癖のようにボクを諭してくれた。

父の気持ちを理解できたのは、父が肺癌《はいがん》におかされ余命半年と宣告された直後のことであった。父は六十三で他界し、ボクは今六十八歳。父が晩年を過ごした能古の家を建て替え、終《つい》の棲家としている。父は癌を宣告される少し前に「タロー、用を足すのならばスコップを持って、庭でするといい」と言っていた。当時の便所は汲み取り式で、排便の際に跳ね返りがきたからだ。「もし金が入ったら、家をこんなふうに建て替えたい」と話していたイメージを尊重し、現在の能古の家は完成した。父は新居を、月壺洞《げっこどう》と命名したかったようである。今は、月夜に穴を掘る必要はないけれど……。

海からの贈り物

数日前、愛犬を連れて能古海岸を散歩していて、潮がかなり引いていることに気がついた。恐らくは、大潮に違いない。普段、あまり目にすることはない岩場がかなり露出していたからだ。岩には天然のカキがかなり付着し、コテのような道具があれば食べたいくらいの様子であった。カキの殻はかなり鋭いので、裸足の犬には危険であろう。そう考えて、浜辺の倒木にリードを繋ぎ水際まで足を運んだ。

大量の海藻が、岩と岩の間の浅瀬に打ち寄せる小波に揺らいでいる。過去にどこかで見たような海藻だ。ホンダワラ科のアカモクにかなり似ているようだが、太いような気もする。かつて、気仙沼の近くの海でアカモクを漁師さんに採っていただいたことがある。胞子の部分だけを摘み取って熱湯に潜らせると、それまでは濃い緑色だったアカモクは、一瞬にして鮮やかな若木色に変化する。この胞子の莢《さや》を熱いうちにまな板に載せ、二本の包丁で叩くようにして刻む。面白いことに、叩き続けているとネバネバが出てきて糸を引いてくる。メカブをご存じの方だったらお

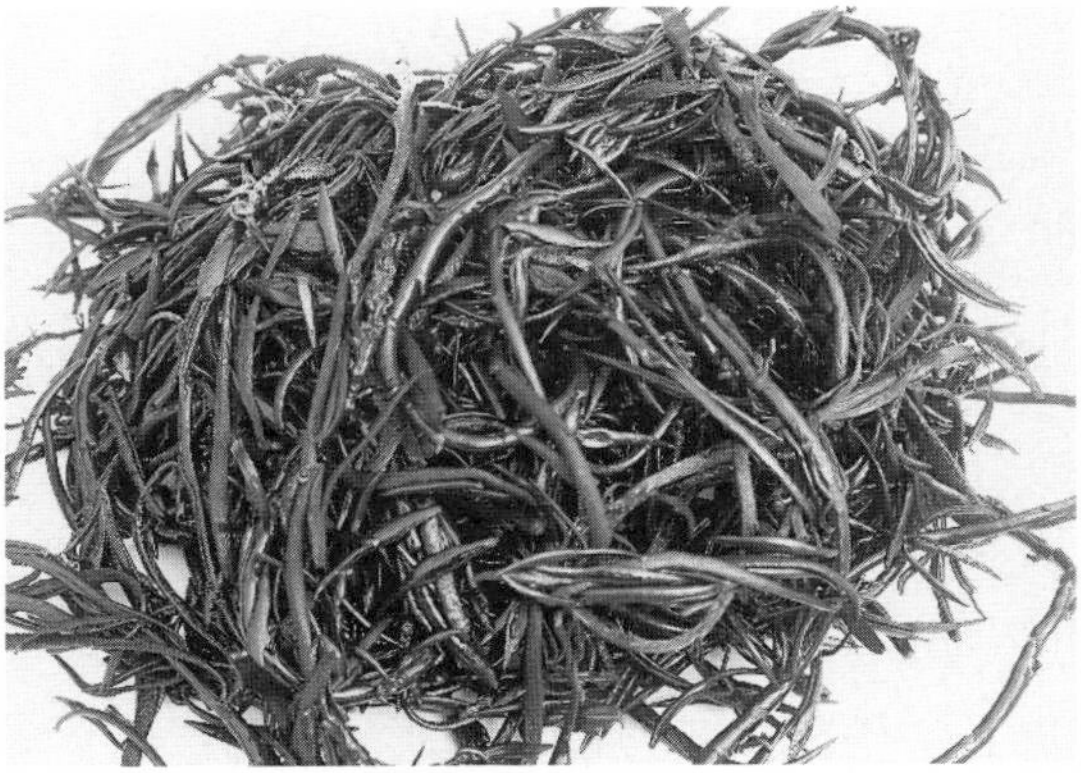

能古の海で取れたヒジキ

判りだろう、緑色をしたトロロ汁のような様子である。この状態で小鉢に盛り、さらに納豆を混ぜる要領でかき混ぜる。後は、かつお節とすりゴマをたっぷりとかけ、酢醤油で味を整えて熱々のご飯に載せて味わう。食感はトロロに似ているが、もっとサッパリしているから、ご飯がいくらあっても足りないほどにおいしい食材である。

　数日後の三月十一日は、東日本大震災。現在、一緒に船に乗った地元の方々はどうされているのであろうか。お二人の方とは連絡が取れているのだが、他の方の消息は今もって不明。不謹慎な話ではあるが、アカモクのことをたずねたら、三月の後半にならないと成長しないとか。ワカメや昆布などの海産物が全滅したので、季節が到来したら天然の食材は何としても味わう、と話されていた。

　能古の澄んだ海に海藻が揺れる様は、オイデ、オイデと誘っているようでもある。アカモクではないにしても、絶対に食べられるに違いない。そう思うと、堪《たま》らず海に入ってしまう。袖をたくし上げて、海藻をちぎり抜く。手に取ってよく見ると、ヒジキに思えてきた。ヒジキならば、万々歳である。幸い、犬の排便用のポリ袋を携帯していたのでそれに詰める。家に取って返して、図鑑を見るとまずヒジキに間違いなしのようだ。根の部分を切り落とし、大鍋に湯を沸かし三、四時間ほど煮る、と、ものの本にはある。が、長時間ガスにかけるわけにはいかない。そこで、ストーブに載せて煮ることにした。熱湯にヒジキを入れると鮮緑色に変わり、一時間ほど経つと今度は少しずつ黒みを帯びてくる。数時間後、適度に柔らかくなった海藻を鍋から引き上げると、色艶のよいヒジキそのもの。博多湾で取れたものなのに、東北の海に感謝しながら、海からの贈り物の味をしみじみと味わっている。

土から生まれ土に還る

風が種を運ぶのであろうか、それとも小鳥たちが種を啄《ついば》んだ後に新しい生命を大地に戻してくれるのであろうか。我が家の周りには、蒔いた覚えのない菜の花の株が、群がるように自生している。昔から能古の菜の花は美しいといわれていたが、これほど多いとは思っていなかった。書斎の窓からも、ベランダからも二月の終わり頃から三月の半ばにかけて、まるで照明を当てたかのように、黄色い花が浮かび上がる。

しかし、今年に限ってはその菜の花の開花が遅いような気がしてならない。心配になって辺りを見回すと、菜の花はしっかりと生えている。ただ、花芽がほんの少し見える程度で、背丈は低い。例年より、成長が二、三週間は遅れているのではなかろうか。恐らくは、人間が寒さを感じるように、菜の花も今年の異常な寒さに萎縮してしまったのであろう。

ボク自身がデータを取っているわけではないから、おいそれと環境問題、いやいや地球規模の天候不順については語る術もない。が、何かしら地球の歯車が破損しかけているように思える。

能古島アイランドパークの桜と菜の花

二月の日本海側は大雪に見舞われたし、九州の北側は雨が多かった。古来日本では、この季節の雨を菜種梅雨という美しい言葉で表すが、菜種が埋没するかのように雨が続いた。何時になったら、穏やかな春らしい春がやって来るのであろうか。

菜の花、菜花、菜種、油菜と色々な呼び方があるが、正式には油菜《あぶらな》というらしい。そう、昔から菜の花が終わって種をつけると、この種の乾くのを待って収穫し油を搾る。搾った油は皿に入れ、灯芯を立てて火を点《とも》し明かりとした。また、菜種油は食用油として現在も使われている。

朧月夜《おぼろづきよ》という名曲に菜の花が歌われているから、ボクはてっきり日本固有の植物だと思っていたら、世界の至る所に菜の花は栽培されており、主に油にされている。外国のそれは西洋油菜といい、日本古来のものとは若干異なるらしい。だが、今日本で栽培されている油菜の大半は、西洋油菜に凌駕《りょうが》されたらしい。

ともあれ、この菜の花はとてつもなく偉い。直系一ミリ程度の種を畑に蒔けば、数日後一斉に芽を吹く。本葉が数枚出たところで間引くと、摘《つま》み菜となって、味噌汁や吸物の具になる。少し成長を待ち、再び間引くと今度はお浸しの材料となる。開花寸前のつぼみを、上から一〇センチ程度摘《つ》み取ると、お浸し、てんぷら、炒めものなどに最高。種はさすがに食べないが、同じように黄花を咲かせる芥子菜《からしな》の種は、あのツンとくる芥子になる。最後は、油を搾った後の油糟。これは、家畜の餌になるし、醱酵させた後は素晴らしい肥料となる。輪廻《りんね》という言葉があるが、菜の花は一年のスパンで土から生まれ、見事に土に還る素晴らしい植物だ。

能古島「ダン」ブランド

今、ビワの木と戦っている。いや、正しくはビワに三千枚の袋を掛けている最中と言うべきであろう。一袋に三個としても、大変な数のビワである。能古に住み始めて間もなく、我が家に隣接する果樹園を「よかったら、借りてくれんね」という話が持ち上がり、二つ返事で借りてしまった。果樹園には十数本のビワの木と三本ほどの李《すもも》の木、それに巨大みかんの晩白柚《ばんぺいゆ》が二本あり、さらに野菜を植える二十坪くらいのスペースもある。檀家の小さな畑でもどう管理してよいのか判らぬとき、二百坪近い畑を借りるのは無謀な話。借りてしばらくたつと、雑草がどんどん生えてくる。エンジン付きの草刈機を購入したものの、その取り扱いすらままならない。やっと草刈りが済んだと思ったら、「ダンさん、ビワには袋ば掛けんとよ」と地主さん。

農協からビワ袋を五百枚購入し、地主さんに教えていただいた通りに実を摘果しながら袋を掛ける。作業中、冷たい北西からの風が吹き、指先は完全にかじかんでしまう。手袋をすればよいのだが、慣れぬ作業なので感覚が摑めない。それでも三日くらいかかって五百枚の袋はなくなっ

ビワ生産者になるとは……

た。が、まだ数本の木が手つかずの状態。袋を買い足して、すべて終了するのに都合五日を費やした。疲労困ぱいの果てに、軽率にビワ畑を借りてしまったことを後悔することしきり。来期はお返ししようと、一年足らずで早くも挫折……。

　ところが、六月に入るとビワの袋は今にも破けんばかりに膨らみ始めた。袋の中を恐る恐る覗《のぞ》き、大きめの熟れたビワを試食。むむっ、旨い。唸《うな》るほどに旨い。酸味と甘味のバランスがまこと素晴らしく、味がハッキリとしていて、しかもジューシー。狂喜して、女房殿に運ぶ。彼女は一口食べ「こんなにおいしいビワは初めて。苦労して袋をかけた甲斐がありましたね」と大喜び。その後、島の方々に伺うと、能古の土壌はミネラル分が多く含まれているので、実ものが大変おいしくできるのだとか。ということで、能古産のビワもミカンも高く売れるそうである。

が、ビワは一気に熟れる。梅雨の晴れ間を見計らって収穫し箱詰め、九千個近いビワは絶対に夫婦二人では食べ切れない。そこで、思い当たる友人たちに宅配便で送付する。この費用とて、半端な額ではない。にもかかわらず、隣のビワ畑を頼まれてさらに借り受けたので労働は、倍増。ビワおよそ四十本。用意するビワ袋三千枚で、約十日の間は地獄のような労働。同時期にスモモも熟れ始めるから、六月から七月にかけての我が家は戦場さながら。夜中はビワとスモモのジャムとジュレ作りに、女房殿は大奮闘。用意する瓶の数も三百は超えている。この、無駄な行為。金銭が絡まないから、できるのである。ただただ、友人たちに喜んでもらいたい。その一心で、能古の「ダン」ブランド食品を、必死に生産しているという話。

みのむしに寄せて

つい先日、大変に嬉《うれ》しい発見があった。と言ったって、些細《ささい》なことではあるが、家の近くでみのむしが木の枝にぶら下がっていたのである。みのむし（蓑虫）と申し上げても、ピンと来ない方が大勢いらっしゃると思う。とくに、若い世代の方々には皆目解らないのではあるまいか。

ボクとても、そう詳しいことは知らないのだが、五センチ足らずの唐辛子のような格好をした物体が木の枝からぶら下がっている。とくに柿とか梅のような落葉樹に付いているものは、葉が落ちると見つけやすい。が、過去十数年の間、目に触れることはなかった。この、みのむしとは、主にオオミノガの幼虫で毛虫の仲間であるが、寝袋のような巣を作りその中で暮らしている。恐らくは、腹が減ったら巣から這《は》い出してきて、近くの木の葉を食べ漁り、満腹になったら巣に戻るといった習性ではないだろうか。だとすると、憎っくき害虫であることは明確。その駆除法も、ものの本にはちゃんと記されている。

しかし、その一方、このみのむしを大量に集めて財布を作ったりペンケースを制作したりし、商品は民芸品店や観光地のお土産屋さんなどで売られていた。オオミノガという蛾の幼虫は、絹を作るための蚕《カイコ》のように体内から糸を出して、その糸で巣作りをするのである。だから、みのむしの巣をハサミで切って広げて見ると、外側と違って巣の中の表面はツルツルとしていて手触りもよいし丈夫である。この巣を布状にし、何枚もはぎ合わせてパッチワークのような趣で、財布に仕立て上げるのである。ちなみに、みのむしの寝袋の外側は、小枝や枯れ葉がこびり着いており、これは上手に剝がさねばならない。

みのむしの寝袋

みのむしが激減した原因を調べてみると、農薬散布もさることながら他に原因があった。天敵であるオオミノガヤドリバエという虫が寝袋の近くに卵を産み、これが孵化《ふか》してオオミノガの巣の中に入り込み食べ尽くすそうだ。となると、今までは消毒をして駆除していたオオミノガを、ヤドリバエが食べてくれるのだから、本来ならばヤドリバエに感謝しなければならない。が、ボクの気持ちは複雑である。みのむしが木の枝にぶら下がっている風情に、何となく幼い頃の郷愁を覚えるからである。

あの忌まわしい3・11の大震災により、多くの方々が命と住まいと財産を失った。それなのに、何の被害も受けなかったボクたち夫婦は快適な暮らしを営んでいる。そう考えると、ささやかではあるが募金に協力したり、被災地を訪れて励ましたりと、出来得る限りのことはしている積もり。しかし、国の対策や瓦礫《がれき》の処理問題は一向に捗《はかど》らない。被災者にとって、政治の駆け引きなんかどうでもよいことだろう。願わくば一日でも早く、全国民が安心して暮らせる環境作りをしていただかないと、日本は国際社会から置き去りにされてしまうのでは……。みのむしの発見から、ふとブルーになってしまう今日この頃の話。

梅の実の熟れる頃

暦というのは、本当によくできていると思う。とくに、和風というか旧暦を現在のカレンダーと併せた歳時記カレンダーというのがあり、この暦は毎日の隠居暮らしには欠かせない。一年をほぼ二十四に分けた二十四節気に加え、三百六十五日を七十二、つまり五日か六日に区切った七十二候というのがある。前者は、春や秋の彼岸のような年間の大きな節目を表し、後者はさらに細かく分類し、日々の生活に役立てるよう工夫されている。ちなみに六月には四項目あり、六日は蟷螂生《とうろうしょうず》（カマキリが現れる頃）となっており、十五日には梅子黄《うめのみきなり》（梅の実が色づく頃）とある。このほかに、乃東枯《ないとうかるる》（夏枯草＝ウツボ草が枯れ始める）、菖蒲華《あやめはなさく》と記されている。ウツボ草なんて知らなかったが、気になって調べてみると家の周りにたくさん咲いていて、なるほど二十二日頃が盛りで次第に枯れ始めている。

昨今のように、日常の営みが次第にデジタル支配されていくと、昔からの暦には無関心になりがちだが、あえて晴耕雨読を範とするアナログの暮らしを選択した今、家の周りの変化には敏感

日本人の暮らしに欠かせない梅

になっている。とくに、梅子黄という件にはほとほと感心したのと同時に驚いた。六月の初旬にはまだ青梅だったものが、暦に梅の文字が現れると魔法にかかったように実が黄色味を帯び始めたではないか。あまりの美しさに、思わずもいでしまいたくなるが、じっと我慢。梅干を作るのには、木の上で完熟し落ちる寸前のものがよりおいしいとされている。が、ちょっと強い風が吹いたり、梅の実を取ろうとして枝をゆらすと落下してしまうので、かなり慎重になってしまう。

昨年の梅は、油虫にとりつかれて出来が悪かったが、今年は冬枯れの間にマシン油という毒性のないものを散布していただいたのが効いたのか、売りに出したいくらいの完熟梅が一五キロほど取れた。しかし、梅の花の時期に寒波が襲ってきて、花粉を運ぶ虫やメジロのような小鳥が来なかったので、かなり実付きは悪かった。それでも、カリカリ梅用、シロップ用、梅酒用、さらに江戸時代に民間薬として珍重されていた梅肉エキス用と、合わせると五〇キロは超える青梅が収穫できたのは幸い。

たかが梅なのだが、日本の生活の中に梅がないと困る。梅干は、握り飯は勿論のこと、煮魚とくに青身魚の煮付けには欠かせないし、素麺《そうめん》の汁に加えると清涼感を増すだろう。そんな中で、最も驚いたのが梅肉エキス。青梅を丁寧に瀬戸物の下し器具で擂《す》り、これを晒《さら》し布で絞る。この果汁だけを弱火でひたすら煮詰める。次第に色が濃くなり、数時間たつと徐々にペースト状になる。だらだらしなくなれば、これで完成。毎日綿棒の先くらいの量を舐めると、不思議なことに体がスッキリする。この梅肉エキス、身体の免疫低下の抑止に効果があるらしい。他に、梅ジャム、ジュレ等々……。日本人にとって、梅は貴重な食材であり、人生の道標でもあるようだ。

ようこそサンマルツァーノ

土用が過ぎ、我が菜園も砂漠化してきた模様である。しかし、この暑さが厳しい中、秋野菜や冬に向けての菜っ葉類の植え付け準備をしておかないと後で泣くことになる。早朝、太陽が顔を見せる頃を見計らって畑に出るのが、ベストの選択ではあるがなかなかそうは運ばない。現在住んでいる能古島の長老たちは、クマゼミが啼《な》き出す頃に畑に出て、草刈りなどの農作業に精を出す。ボクたち夫婦が朝食を終え、ようやく畑に出る八時過ぎにはすべての作業を終え帰宅されるのである。彼らは、何時頃に床に就き朝食はいつ頃済まされるものであろうか。

東京に暮らしていた頃は、午前二時、三時まで起きていることは当たり前であった。夜の八時頃に仕事を終え、九時過ぎに帰宅して晩飯を食べる。夕食後は本を読んだりテレビを見たり、気がつくともうとっくに日付は変わっている。慌てて風呂につかり、時計を見ると午前二時。となると、六時間寝たとしても台所に顔を出すのは午前八時過ぎ。広告業という特殊な職業だったから、会社に出るのは特別なことがない限り十時以降。普通の方々の暮らしとは、明らかに二時間

見事に育ったサンマルツァーノ

くらいの時差があったと思う。だが、今の生活でこんなことをしていたら、暮らしは成り立たぬことは明白な事実。いつになったら、体の中に染み付いた習慣とサヨナラができるのだろう。

最近、大変に嬉《うれ》しいニュースをお伝えすることが現実となった。転居して三年目の今年。イタリアの友人が分けてくれたトマトが、能古の土に馴《な》染《じ》んでくれたようである。最初の年は、種を蒔《ま》いたのが遅かったのも原因の一つであろうが、実はたくさんなったものの、成熟する頃に寒さが到来して、赤くなってくれなかった。それでも、もう少しで色づく実を、教わった通りジャムにして味わった。それはそれでおいしかったのであるが、本来の目的は赤いトマトソース。いただいた種は、サンマルツァーノという加熱用のトマト。生で味わってもおいしくはないけれど、熱を加えることによって変身する、パスタやピザには欠かせないトマトである。一昨年は、完熟せずに終わってしまったので、昨年は若干早めに苗を作って植えたのだが、寒さがたたったのか成長期に青枯れ病に罹りほぼ全滅。今年用の種が、少し採取できた程度であった。世の中には、石の上にも三年という言葉がある。聞くところによると、植物も三年くらい育てていると、新しい環境に同化する性質があるようだ。

こんな苦労が実を結んだ結果だろうか、三年目のサンマルツァーノは見事に育ってくれている。五、六本の苗が、すでに一〇キロ近くの実を収穫させてくれたのである。早速、イタリアの料理本のレシピ通りに調理してみたら、旨いの一語に尽きる。多少赤みが足りなかったが、これは慌てて摘果したのが原因。これから我が家を訪ねて来る客には、イタリアから帰化したトマトを味わってもらおう。ウエルカム、サンマルツァーノ。

愛犬は老夫婦の心の支え

現在、我が家には二頭の愛犬が居る。一頭は、雑種の牝で十四歳。名前はトトなのだが、この半年の間に老け込んでしまい、名前を呼んでも知らん顔。どうやら、かなり耳が遠くなったらしい。もう一頭も女の子で、黒いラブラドールレトリバー。

実は東京に居る時、同じ黒ラブと暮らしていたのだが、福岡に移転する寸前に破傷風らしき病に罹り、急逝してしまった。三日間、女房殿とメソメソしていたのだが、引っ越しを前にしてペットロスに陥りたくない。そこで、能古島に住み始めてすぐ、新居で一緒に暮らせるよう糸島の有名なブリーダーに連絡し、お腹に入っている女の子を予約。本来ならば、生後五十日で引き取るのが理想だが、一週間待っていただいて、片付くどころか未完成の家にお姫様の到来。名前は先代と同じく、ネロ。イタリア語で、黒というニュアンスだが男名前。ネッラと呼ぶべきだろうが、敢えてネロ。しかし、生後二カ月の仔犬は可愛いに尽きる。引っ越しの疲れも、ペットロス状態の沈んだ気持ちも、とどまることを知らぬやんちゃ振りに一掃される。

愛犬トト（左）とネロ

恐らく柴の血が入って居るだろうトトは、丸十日間新入生の顔も見ず無視。たまさかネロが近づこうものなら、歯を剝《む》き出して威嚇。やがてその距離も縮まり、半月ほど経つとお尻を舐めてやるようになった。

この時点で、我が家の一員として、ネロは正式に迎えられたようである。先代のネロには、臭気選別という訓練をしてトリュフや松茸を探すまでになった。

しかし、二代目さんにはボクたち老夫婦の介助をしてもらおうと考えている。ご存知のように、ラブラドールという犬種は、盲導犬や麻薬探知犬として社会で貢献している。が、ヨーロッパやアメリカとは違い、日本に於いてはまだその認識が浅いようだ。加えて、公の場に同道することさえ叶わぬのは悲しい現実。海外では、服従訓練さえ済ませておけば、ホテルやレストランにも連れて行けるのに……。

ともあれ、週に三回の出張訓練を受け、今ではほぼ完璧な家庭犬と相成った。毎日室内で一緒に暮らし、孫に話しかけるように根気よく目を見て話す。例えば、新聞ちょうだい、雑巾取って、鍵拾って、帽子持って来い等と、こちらの要求を言い続けている。と、面白いもので少しずつではあるが、言葉を理解し始めてくれるようになった。

しかも、意思が通じると犬の方も嬉しいのだろう、新聞を運んだ後は尻尾を大きく振ってどや顔をする。今のところ、正式な介助犬の訓練をしたわけではないので、こちらの面倒を見てくれる段階ではないけれど、高齢に達したトト姉さんの世話をしているようだ。

トトが部屋から出られない時には、ワンワンと吠えネロを呼ぶ。ネロは急いで駆けつけ引き戸を開く。また、餌の用意ができると、眠りこけているトトを呼び起こしに向かう。

我ら夫婦、この先どうなるかは分からぬが、二頭の犬達は、かけがえのない楽しい同居人であるし、老夫婦の心の支えになってくれているから嬉しい。

花おくらの花

先の十月十日で、能古の暮らしも丸三年を経過した。石の上にも三年という言葉があるが、どうにか新しい環境にも慣れまともな暮らしが営めるようになってきたと思う。しかし、能古で老夫婦が二人で生きていくには、不必要な雑物が多々家の中に漫然と置かれている。京都の大徳寺の管長の書だと思うが、わが家の大黒柱には「本来無一物」と認められた杉板を掛けてある。引っ越す直前に東京の骨董店で見いだし、ボク自身の整理下手を戒めるための標語として購入したものだが、何の効果も出ていない。

尊敬する女優の樹木希林さんは、物を持たぬためにも人々に無駄な義理を持たぬためにも、一切の贈り物も受け取らぬし、また他人にもそうした行動はお取りにならないのだとか。日本の社会の中で生き抜くためには、お歳暮とかお中元という風習を適度に考えなくてはならないし、結婚や葬儀という人生の節目にもお祝いやらご仏前という常識が存在する。また、こうした習わしの後にはお返しという儀式まで考えなければならない。知人を訪ねる際にもお土産を持参するし、その返礼も時として考慮せねばならぬ場合がある。

こうした積み重ねが、ある意味では流通ということで日本経済を支えているのかもしれないが、日本中が樹木希林さんのような高邁《こうまい》な精神を貫けば、日本の暮らしはもっとシンプルになり透明なものになるとは思う……。離島である能古島に居を移した当初は、なるべくものを持つことなく暮らしていこうと目論《もくろ》んだものの、元の木阿弥《もくあみ》。それでも、歳暮や中元といったものは、買って贈るのではなく畑で収穫した果物などをジャムにしたりジュレに加工をして、親しい友人たちには送っている。

というのも、現在の畑の規模は夫婦二人で食すのには収穫量が多過ぎる。さりとて、小規模にしてしまうと足りなくなってしまい、あげ句の果てには対岸のスーパーへ買い出しに行かねばならなくなる。

今現在、わが家の畑では茄子のみが毎日大量に収穫を重ねている。たかだか三、四本程度の苗を植えただけなのだが、根を伸ばす部分を深く掘ったことに

花弁を食す花おくら。トロロアオイとも呼ばれる

加え、一日置きに水を与えたことにより、八百屋さんに負けないくらいの茄子が育っている。これを刻んで干茄子にしたり、はたまたジャムにしてみたらかなり旨いので、女房殿は毎日せっせとジャム作り。

青物はようやく大根の間引きができるような状態になりつつあるけれど、味噌汁の具になる程度。そんな中で特筆すべきものがある、花おくらの花がそれだ。葵科の植物だから、花は淡い黄色で綿の花や葵によく似ている。花の直径は一五センチくらいあり早朝に咲き始め、夕方には萎《しぼ》んでしまう。これを、さっと湯に潜らせて刻み、酢醤油をかけて味わうのだが、まるで夢を味わっている心持ち。独特の粘りはあるものの、癖はまったくない。トロロを上品にしたような趣で、まさに精進料理。ただし、傷みが早いから人に送るわけにはいかない。そんなことが、流通しない理由なのであろう。今は毎日のように花おくらの花を味わい、シンプルな暮らしに戻そうと苦悩している最中。

能古島もイノシシ被害

日本の各地において、鳥獣による被害が続出しているようだ。鳥獣といっても、鳥は主にカラスで、都会ではゴミ漁《あさ》りをしたり、子育て時期になると歩行者などの頭を鋭いくちばしで攻撃。時にはケガ人も出る騒ぎ。また、農作物の被害も半端ではない。家庭菜園程度のわが家でも、枇《び》杷《わ》の実を喰《く》われたし、スイカも熟れた頃にやってきて全滅。他にも、モモ、カキ、ミカンなど見事なほどに漁っていく。カラスに関しては、何とか撃退できるものの、毎日が彼らとの知恵比べ。

新聞などの報道では、茸《きのこ》採りにいって熊に襲われ重傷とか、お婆《ばあ》さんが噛《か》み殺されたなどというおぞましい被害もある。山を歩く際には熊に人間の存在を知らせるべく、鈴のようなものを携行すべし、なんてことが登山道の入り口に書いてある。熊はただただ恐ろしいが、猿による被害も甚大のようだ。ネットを張ろうが音で脅かそうが、猿は即学習をして、平然と農作物を食べてしまうからお手上げだ。このほか、鹿、ハクビシン、ヌートリア、狐などの被害も相当なものだとか？　農作物という畑の被害にとどまらず、鶏や卵を襲う小動物もかなりいて、多くの方々

捕獲檻にかかった猪

が泣き寝入りをしているという話。

そして、猪。猪による被害は年々拡大し、ついには我が能古島にまで及んでいる。父が能古に暮らしていた三十数年前は、猪の話などは一切聞いたことがなかった。鹿は戦前まで生息していたようだが、進駐軍の手頃なレジャーとしてのハンティングで絶滅してしまったと聞いている。だが猪は、十年ほど前からぼちぼち姿を現し始め、犬の散歩で朝夕家の近くを歩いていると、かなりの確率で出くわす。猪は、年に六、七頭の子を二回産むそうだから、これが順調に育つと、数年で相当な数になるはず。島の長老の話によると、猟友会の会員の方が犬に猪を追わせる訓練をするため、島で猪を飼っていたのが逃げ出して増えてしまった。という説と、糸島の方から泳いできたのを見た、というふたつの説がある。が、どちらでもよろしい。とにかく、人間を襲わないでほしいという願いと、丹精込めて育てた畑を荒らさないでほしいというのが、ボクの率直な気持ちである。

最近は捕獲檻《おり》を獣道に仕掛け、餌で猪を誘《おび》き寄せて捕獲し駆除している。今は、能古の畑のほとんどに柵を設け、猪が入らぬよう工夫をしている。そのために猪の食べものがなくなり、島のそこかしこを闊歩《かっぽ》しているのである。十日ばかり前も、我が家から目と鼻の先に据えられた檻で、一五〇キロ見当の大きな雄が捕まった。

今回は猟銃で撃たれ埋められたが、雄の肉は匂いがきついので、島では誰も食べぬようだ。糸島のように、積極的に駆除した猪の肉を販売するのも、数を減らす手だてかもしれない。ちなみに、猪の肉はやや固めではあるが、素晴らしく旨《うま》い。ボクは豚よりおいしいとさえ思う。これからは鍋の季節、牡丹《ぼたん》鍋で温《ぬく》もりたいが猪に遭遇するのは恐ろしい。

扇風機とストーブ

この数日、福岡界隈《かいわい》は暖かい。冬型独特の西高東低という気圧配置がやや変化し、西側の高気圧が勢力を弱めたものと、気象予報士は語っていた。地球上に流れているジェット気流の影響がかなりあるらしく、冬将軍と呼ばれている寒気団が北に戻されたことが、つかの間の暖かさをもたらしてくれたようだ。おかげで、あらましの庭の片付けと桃の苗の植え付けを終わらせることができ、ホッとしているのが現状。

我が家の暖房は薪ストーブに加え、仄《ほの》かに床を温めてくれる床暖房の二本立て。床暖房は、温水を床下に循環させるシステムでエネルギー源は電気。この時勢に節電のことを考えるとやや心苦しい。が、エアコンと比べるとかなり経済効率も高い上に、音がまったくしないので敷設してよかったと安堵《あんど》している。塩梅《あんばい》は床が冷たく感じない程度なので、室温が一五度以下になったときには薪ストーブに火を点《つ》ける。

この薪ストーブもＣＯ$_2$を排出するリスクがあり、一時はためらったものの寒さには勝てず設置した。ただしストーブは、スウェーデン製の環境に最も優しいと評判の高い輸入品。すべては自己満足でしかないけれど、代わりに太陽光発電のパネルを屋根に据え、ピークで一〇キロワット弱の発電をし九州電力に売却。家中の照明をＬＥＤにしたり、こまめに節電対策をとっていると、年間の電気料の支払いはオール電化の家にしては驚くほど安く済む。東京で暮らしていた頃の三分の一にも満たないのが現実。

ただ、床暖とストーブで暖をとっていると、部屋の上部ばかりに熱がたまってしまう。天井に近い場所にスピーカーを備えているのだが、配線を変えるためにスピーカーに近づいたら異常に熱い。我が家は天井裏をなくし、その分だけ天井を高くしたのだが、熱の溜まり場と化していた。そこで長年の夢であった、天井にぶら下がるタイプの扇風機を取り付けることを決断。

部屋の熱気を緩やかに攪拌する
シーリング・ファン

昔、フロリダのキーウェストにヘミングウェイ大先生が住んでおられた家を見学し、天井に取り付けられた大きな扇風機に驚き憧れた。『キリマンジャロの雪』を執筆したといわれているアフリカのホテルの部屋にも、飛行機のプロペラのような扇風機がゆるやかに回っていた。この扇風機、正しくはシーリング・ファンと言うらしい。ともあれ、このプロペラは南国にのみ取り付けるものと思い込んでいたら、寒い地方でも活用されていることを、近年になって知ったのである。だったら、何も遠慮することはないだろう、優雅に扇風機が回るさまを床暖に寝そべって眺めることができるのだから……。

輸入のシーリング・ファンはルックスは美しい、しかし高価な上にリモコンが付いていないのが難点。そこで、妥協して国産のおとなしいタイプのものを発注。やや小さめではあるが、天井の熱気が緩やかに攪拌《かくはん》されている。贅沢《ぜいたく》な気分ではあるが、夏にマントルピースを燃やしエアコンを点けるのとはわけが違う。

しめ飾り

昨日『七草粥《がゆ》』らしき食事を摂《と》りようやく正月気分から解放された念《おも》いがする。セリ、ナズナ、ゴギョウ、ハコベラ、ホトケノザ、スズナ、スズシロ。この七つの菜っ葉というか植物を粥に混ぜ、早春の食卓に載せるのが古来よりの習わし。未だ春が立っていないのに敢えて早春と記したのは、旧暦の七草は立春の後の行事だからに他ならない。七草の中で、セリは近くの田の用水路にあるし、スズナとスズシロは蕪と大根だから我が家の畑にも植わっている。ナズナというのは、雑俗にいうペンペン草だからこれも探せばある。同じく、ハコベラも垣根の周りに生えている、雑草のはこべ。問題はゴギョウとホトケノザだが、ゴギョウはハハコグサと呼びこれも芝生を荒らす雑草で往生している。姿が父子草とよく似ているので、今の時期は判別が難しい。

最も難儀しているのが、ホトケノザ。キク科の植物で菊のように黄色い花を咲かせるが、タンポポにも何となく似ている。問題なのは、ホトケノザという植物がもう一つあり、これは冬でも畑の中にうんざりするくらい生えている。七草のホトケノザは、本当の名前はコオニタビラコと

檀家のしめ飾り

いうらしい。花が咲きさえすれば何となく判るけれど、ひょっとしたらタンポポを食べているのかもしれない。が、タンポポは仄《ほの》かに苦味はあるものの、サラダにしても旨いので七草粥の彩り添えには充分だ。

七草を恙《つつが》なく済ませたら、玄関に吊したしめ飾りの撤去も年中行事の一つ。しめ飾りを外すのは、小正月を済ませた後という説もある。今年の旧正月は二月十日なので、その松が明けて燃やす地方もあるようだ。我が檀家はこの三十年来、福岡の農家の方がしめ飾りを作って下さり、東京の家にも送っていただいていた。ご自分の田で採れた米藁をしっかりと乾燥させ、これを叩いて柔らかくしてしめ縄を編むのである。関東のそれとは異なり力強く美しいので、ボクは年間を通して玄関の軒下に飾っていた。六十歳までは、十二月二十八日に餅つきをするのが習わしになっていたので新旧を入れ替え、旧いものは蒸し釜の火種として有難く用いていたものだ。

一般的には、小正月といわれる一月十五日に行われるどんど焼きに、しめ飾りや松飾りを燃やしているようだ。残念ながら、福岡の我が家の近くに於いては、どんど焼きの風習は残っておらず、ほっけんぎょうとか左義長（福岡ではさぎっちょというらしい）という習わしが僅《わず》かに残っているらしい。しかし、その祭りを探し当ててしめ飾りを運ぶのも難儀。そこで、能古島に居を移してからは、旧正月の松が明けたところでしめ飾りを外し、丁寧に解体し藁を畑に敷いて作物の保護に用いている。

有難いもので、藁は土に混ぜると寒さから作物を守ってくれるし、然る後には優しい肥料となる。という次第で、檀家は新旧二回の正月を迎えることになるが、当然のことのように七草粥も二回味わいたい。その頃には、正しい七草が確保出来るに違いない。

沢庵の島・能古に

福岡に移り住み、一つ疑問に思ったことがある。九州の方々は、沢庵《たくあん》というものを召し上がらないのだろうか。スーパーに行ってもデパ地下を訪れても、沢庵らしい沢庵は見つからない。わずかに、黄色い明らかに人工的に着色されたものが見つかる程度。しかも、そのほとんどが関東産のように見受けられる。後は、べったら漬けのような白い漬物。益々、九州人は沢庵を食べぬのかと思ってしまう。

だが、ラーメンやうどんを注文すると、決まったように沢庵が数切れか高菜の漬物が出される。黄色の着色料を用いた沢庵が悪いというわけではないけれど、人工甘味料やグルタミンソーダを加えたものは旨いとは思えない。福岡では食べ慣れた沢庵にはありつけないものと諦めかけていたら、自然食品を扱う店にボクが求めているものがあったではないか。喜び勇んで購入、味も悪くない。数日で食べ尽くし、再び店を訪れて買おうとしたら、かなり高い。大根の四分の一程度の長さ、一五センチくらいで四百円以上もするのだ。前回の時は、見つけ出した喜びで値段のチ

能古島で立派に育った練馬大根

ェックをしていなかったのは怠慢な話。

ボクも女房殿も、ほぼ東京の練馬で育っている。そんなわけで、幼少の頃から大根畑は飽きるほど見ている。しかもその大根は、練馬大根という沢庵漬けに最も適した種類。なぜ適しているかというと、大根の丈が長く上から下までほとんど太さが変わらないのと、適度な辛みと甘みがあるから重宝されている。

どうして大根の漬物を沢庵と呼ぶのかというと、もっともらしい話が多々あるが、臨済宗の僧沢庵宗彭《そうほう》が、徳川家光公に招かれ品川に大徳寺派の東海寺を開いた。その際に、家光公に漬物を供したところ大層喜ばれ、以来その漬物を和尚にあやかって沢庵と呼ぶようになったとか……。また、貯え漬けという言葉が進化して、沢庵漬けになったという説も。

ともあれ、沢庵は塩と糠《ぬか》さえあれば立派にできる。大根を育て、頃合いを見計らって一斉に抜く。これを縄で縛り二週間ばかり干すのだが、二本の縄でハシゴのように吊るすのがコツ。時間が経つと大根がくの字くらいに曲がるようになる。

こうなると、漬け込む桶に沿って曲がり、漬けやすくなる。塩と糠をバランスよく混ぜ合わせ、桶の底から均等に漬け込んでいく。他の調味料としては、甘さを出すために柿の皮を入れたり、旨味を出すために昆布や唐辛子を加える。が、余分なものを入れ過ぎると早く酸化してしまう。という次第で、今シーズンの我が家はかなり立派に育った練馬大根での沢庵を漬け込んだ。

重石をしっかりとして、約一カ月待つと待望の沢庵が食べられるという話。どうやら能古島は、練馬大根の栽培に適しているようだ。数年後には『沢庵の島能古』にしたいとの野望を抱き始めた。

「本来無一物」

還暦を迎えた時だったから、かれこれ十年近くなる。当時は東京に住んでおり父が住んでいた能古島に家を建て、余生をシンプルに過ごそうと決断。東京の家は増築を重ねたためか、住むのにはいささか不便であったのは事実。それでも、広さは贅沢すぎるほどあった。今流に言うならば、一八〇平米の５ＬＤＫであったから、息子二人が独立してしまうと夫婦二人には広過ぎた家だった。

正直なところ家の中のことに関しては、すべて女房殿任せ、ボクが管理していたのは自分の書斎だけで、他のスペースもほとんど彼女に委ねていたのが現実。

したがって家の中に山積する夥《おびただ》しい物品のほとんどを、ボクは把握していなかった。しかし、能古に家を建て始める頃になると、女房殿は家の中を寡黙に片付け始め、時折、天を仰ぎ大きな溜め息をついていた。

そんな様子を垣間見るにつけ、たかだか六十年の人生で何でこんなに物を溜め込んでしまった

新しい椅子

ものだろうと深く反省。父の遺品はともかくとして、すべてを捨て去ることができればどんなにかスッキリとするだろう。いや、新しい生活に於いては、出来うる限り物を持たぬ暮らしにしようと、真剣に女房殿と話し合った。ボクの理想は、広い空間にテーブルと椅子だけ見えて、他の物はしかるべき収納棚にしまう。ほら、リビング雑誌等でよく見かけるあれ、まるで何も持たぬような生活である。

中国の禅宗に彗能《えのう》という僧が居られて、禅問答の中で「本来無一物《むいちもつ》」と答えられた。解釈はともあれ、この含蓄のある言葉をボクの暮らしに当てはめることは無謀なことではある。が、物を持たないという身勝手な解釈をしたとしても、彗能禅師はお叱りにはならないだろう。

という次第で、身一つで能古島に移り住む覚悟ではあったが、悲しいかな現実は理想とほど遠い生活。確かに、東京で暮らしていた時に比べると幾分かは身辺整理はされた。だが、我が書斎に足を踏み入れると、何も改善されていないことに気づく。いや、以前より物は確実に増えているのは確か。ひょっとして、物を捨てることができぬ病なのかもしれない。

数日前、旭川の家具作家に注文した天然木の座椅子とベンチが届いた。リビングスペースには、家具は置かずに広い空間を楽しむ予定であった。とどのつまり、仕事にかこつけテレビを買い、ソファーは絶対に用いないと宣言したにも拘わらず、二本のチェアーとベンチを注文。そのチェアーに座って正面を見ると、大黒柱に飾った杉板に大徳寺の管長が、「本来無一物」と認《したた》めた書が目に入る。物を増やすことは、罪かも知れぬ。我が父君も口癖のように「何のその百年後は塵《ちり》芥《あくた》」と言っていたことを、今、再び憶い出し自嘲している。

太宰治と父・檀一雄

このところ、急激に温もりを感じている。まるで、五月の半ばのような陽気ではなかろうか。しかし、暖かいのはウエルカムであるが、黄砂とＰＭ２・５に加え杉花粉が三種混合で飛来するのには、いささか閉口している。幸いにして花粉症にはあまり苦しんではいないものの、黄砂には参っている。目がゴロゴロするのと、くしゃみを多発する原因が黄砂にあるのかも。それだけではない、我が家からの眺望が霞んでしまい、客人が訪れても博多の街を借景にした雄大な庭の自慢ができないでいる。

そんな中で、今年の春は特筆すべき嬉しいことがあった。梅の花が終わりに近づいた頃に、桜桃の花がそれは見事に咲いてくれた。桜桃、つまりサクランボの木であるが、父が能古に居を移した折に数カ所に桜桃を植えたようだ。だが、父は桜桃の花を見ることもなく、サクランボの果実を味わうこともできず三十七年前に他界してしまった。

なぜ桜桃を植えたのか、それは盟友であった太宰治に博多を望む絶景を見せたかったからだ、と、ボクは考える。父が能古に移り住んだ時、かなり体調が悪く悩んでいた。本人は酒の飲み過ぎやら不摂生で、肝臓を痛めたと思い込んでいた。そこで、能古島というある意味隔絶された土地に居を構え、病と戦い続ける予定であった。母の話によると、極力酒も控えていたようだし、天気の良い日はよく散歩に出かけていたらしい。

　そうしたストイックな生活は、父にとって寂しくて致し方なかったのであろうと察する。

　　月に野糞博多の奴が何知って

この戯れ句は、博多の街に出て行きたい気持ちを、月夜に庭で用を足しながら悔し紛れに詠ったものである。今の若い方には分からぬだろうが、当時の能古の便所は汲取式であったため、排泄物が跳ね返ってくることがあり、それを嫌って父は庭に穴を掘ってそこで用を済ませていた。父は能古の家を月壺洞《げっこどう》と称していたが、多分にブラックユーモア的な要素を含んだものだろう。

桜桃の花

　太宰に先立たれ、安吾という友も失い、自信があったはずの体力にも翳《かげ》りを覚え、ただただ復活を夢見ていた生活。そんな時、対岸の植木市にて桜桃の苗を見つけ、太宰に再会したような気持ちになって思わず植えたのであろう。太宰の最後の作品は自殺する直前に書いた短編『桜桃』。太宰は、六月十九日に生まれ、六月十三日に他界している。どちらを選んだとしても桜桃の季節。

今年の桜桃の花振りから察するに、かなりの豊作が見込まれる。出来うる限りこまめに摘果をし、少しでも大きな果実を育てよう。そして六月には、太宰と父にサクランボを捧げよう。太宰が他界した直後父が号泣していた光景は、忘れようと思っても忘れられぬほどに強烈であった。

島の上にも三年

能古島に移り住んで三年半を過ぎようとしている。当初は無我夢中で暮らし、周りのことなど一切目に入らなかった。というより、何もかもが解らなかったのが事実。引っ越しを済ませてほっと一息つくかつかない時、「ダンさん、引っ越し早々すみまっせんばってん、町内会費ばお願いします。月千円になっとりますたい、できればまとめてよかですか。それから、来月は当番ばお願いするようなっとりますもん。回覧板を廻すだけでよかと思います」

否も応もないのである。回覧板だけだと思っていたら、年末助け合い運動の集金を命ぜられる。これは、ご近所の家々を廻り寄付を募り赤い羽根を渡すあれだ。ボクが所属する四班は十二軒だから、引っ越しの挨拶の粗品を持参して訪ねて行けば一石二鳥。しかし、ご親戚とは思うが、同姓の家が五軒もある。名簿を見ても、その判別はかなり難しく一苦労。

ともあれ、人に出会えば大きな声で挨拶を励行。島の方でも観光客でも構わない、会う人すべてに挨拶を交わすよう心がけている。もう一つ困惑したのが、家の入り口付近に野菜であるとか

能古のタケノコ

魚が置いてあることだろう。どなたかがプレゼントしてくださったことは分かるのだが、一体誰から届けられたものか皆目見当がつかないでいた。そこで、古くからの知り合いに伺ってみると、何となく分かっては来たものの、皆さんの名字が同じなので、混乱。だが、それぞれの方々の生業を把握していくうちに、おおよその見当は付くようになってきた。

また、ものをいただいたらその日のうちに御礼の言葉と、なにがしかの品をお返ししつつ近況を報告することが島暮らしの秘訣。

気の毒なのは女房殿、ボクは子供の頃から福岡弁に慣れているものの、彼女はほとんど理解できないとか。しかも、早口で捲《まく》したてられると、頭の中が真っ白になってしまうようだ。それでも声を掛けられると、新年会や運動会の食事作りの手伝いに出かけて行き、少しずつではあるが名前と顔の判別ができるようになったと言っている。

という次第で、ようやくにして島の生活にも慣れてきたし、東京での暮らしのように周囲の住人に対し無関心ではいられなくなった。向こう三軒両隣とまでは行かぬが、大潮の日などにはアサリ情報などがごく自然に耳に入ってくる。東京から運んで移植した山椒の木も、二本のうち一本がしっかりと根付き、今年も見事に木の芽をつけてくれている。山椒の芽が吹きある程度の大きさになると、そろそろタケノコが食べたいなーと思ってしまう。と、その翌日の早朝、何やら気配を感じて外に出てみると、案の定段ボールに一杯の朝掘タケノコが詰まっている。早速に大鍋で茹でた後、これもご近所から、お裾分けしていただいた天然ワカメと共に煮付ける。もちろん、自家製の山椒の芽もトッピング。島暮らし三年でようやく島に住んでいる実感が湧き始め、見事に咲いた八重桜を愛でながら、この世の春を満喫している今日この頃。

完全無農薬レモンを収穫

能古島に住み始めて、何が嬉しいかというと、柑橘類が豊富にあることだろう。一年を通して、島のどこかしらにミカンの姿を見ることができる。十月くらいには温州みかんが色づき始めるし、はっさく、パール柑、伊予柑、でこぽん、晩白柚、ブラッドオレンジにネーブル等々……。今の季節は、ニューサマーオレンジ（日向夏）、夏ミカン、そして放置されたままのレモンが枝が折れんばかりに実を付けている。

ここ数年の間レモンの木は、花を咲かせると忠実に実を付け、次の花の季節になると完熟した実を落として新しい実を宿す。

しかし、よく観察していると大量に実を付けた翌年は木が弱るからか、明らかに実の数が少ない。今年は、当たり年なのだろう、犬の散歩をしていると、黄色く色づいた大量のレモンが否が応でも目に入る。

タイミングよく、レモンの持ち主が畑で草刈りをしておられたので、思い切って無心をしてみ

収穫させていただいたレモン

ると。「消毒もなーんもしとりまっせんが、好きなだけ持っていかれたらよか。取りまっしょうか」

ありがたい話である、その時は散歩の途中だったし、レモンを入れる袋もない。お婆さんの手を煩わせるわけにはいかないから、後日レモンちぎりに伺うことにした。

確かに、放置されていたレモンだから見かけは悪い。皮の表面にはキズがあったり、かさぶたのような肌荒れが若干みられる。大きな実は、女性の手のひらが隠れるくらいのサイズで持ち重りがする。先日、自然食品の専門店で無農薬レモンが売られていたが、一個が二百円近くで型もかなり小さく見かけも悪い。恐らく、今回の半分にも満たぬ大きさだっただろう。収穫させていただいたレモンを計ってみたら、一二キロ。金額にしたら、一体いくらになるものなのだろうか……。

いやいや、下世話なことは考えますまい。まずは絞って果汁を小分けにし、冷凍保存をしておこう。残りの比較的きれいなものは、レモンマーマレードに仕立てたり、刻んだレモンをウォッカに漬け込んで砂糖を加え、イタリアの家庭で奥様方がよく作られるレモンチェーロにする。また、レモン・カードという、バターと卵を用いてパンに塗る甘めの嗜好品も簡単にできる。レモン・カードを少しだけ作り、レモンを分けていただいたお宅へお礼として差し上げようと思う。

確かに、離島で暮らすということは、東京での日常と比べると不便ではある。東京は、金銭さえ用意すれば確かに何でも手に入った。が、一見華やかな暮らしが本当に豊かなものだったのであろうか。今のボクには、かつての暮らしが蜃気楼のようにしか思えない。古稀を迎えた現在、あと何年生きられるかの保証はない。しかし、可能な限り自然に対して忠実に生き続けたい。

三年前に植えたレモンは、いつたわわに実を付けてくれるのだろう、ようやく紫色の可愛い花が咲き始めた。

ガーデニングに思う

最近は、ガーデニングが大流行しているそうだ。例えば、埼玉の西武ドームでは世界中のバラの花を集めて展示したり、交配種や野生蘭を集めて蘭展を開くと、野球以上にお客さんが詰めかける。最近は福岡に住んでいるから、さすがに西武ドームまでは行けないが、イングリッシュガーデンの催しが開かれるなどという話を小耳に挟むと、何となくネットで検索したりしてしまう。

確かに、庭を草花で彩るのは美しいから大いに魅力的ではある。広大な庭があれば、ボクとてもその気になるやも知れぬ。恐らく、一般の方々もアメリカの絵本作家で世界の人々が憧れるガーデナーでもあるターシャ・テューダーお婆ちゃんのように広い土地を手に入れ、浮き世のことは忘れて庭いじりに没頭したいと思われるに相違ない。

しかしである、ターシャお婆ちゃんの庭の広さを聞いて驚いた。広いアメリカの片田舎とは言え、何と三十万坪は優にあるそうだ。月並みな比喩をすれば、東京ドームが一万五千坪位らしいから、ドーム二十個分の広さがあるのでは……。

コリアンダーの花園

こんな広い土地は日本では考えられない単位だから、もう話題にするのは止めにしよう。とは申せ、この広大な庭の全部ではないにしても、お婆ちゃんと孫夫婦だけでよく手入れができるものだと驚嘆する。色々と聞いてみると、ターシャお婆ちゃんの家はバーモント州にあり、一年の内の半分くらいは雪に閉ざされていて、草花を荒らす害虫もかなり少ないようである。だから、農薬とか殺虫剤などという恐ろしいものは使わずに済むらしい。

おまけに、広大な土地の中にはナラやカシの木のような落葉樹が多く生えていて、その落ち葉を肥料にして花を咲かせていたと聞いている。日本でも、北海道のように一年の半分が冬で、春と夏と秋がドドーンとやって来る土地は、ガーデニングに向いているらしく有名な庭がいくつかあることは知っている。

何だか、ボクの考えていることは極端過ぎるきらいがあるが、福岡の住宅地を垣間見ると、狭いながらも四季折々の花を見事に咲かせておられるお宅が多々あるのは事実。ベランダに上手に鉢を下げたり、門柱の周りにつるバラを咲かせたり。そんなことを考えると、我が家には花らしき花はほとんどないだろう。わずかに、亡き父が三十五年ばかり前に百合を植えていたものが六月には咲くだろうし、同じく父か母が植えたアマリリスがかなり増え、時を同じくして花を開くだろう。そう考えると、ボクが植えたもので咲いているのは、ハーブのコリアンダーが白い小さな花を無数に開いてくれているだけかもしれない。

いやいや、一つだけ素晴らしい花を忘れていた。白い大振りの花を咲かせるカラーがあった。これは、女房殿が大好きな花なので、野菜畑の片隅に植えたものが、今年は市場に出したいほどに見事に咲いた。ターシャお婆ちゃんは二〇〇八年の六月に九十二歳で他界されたが、このカラーは命日に捧げても恥ずかしくないほどの花振りである。

あまおうのジャムは王様

福岡に引っ越してからのことだが、ゴールデンウィークが過ぎてしばらくすると「ダンさーん、そろそろワケありイチゴの季節になりましたよー。今年は三列ありますけん、入れもんば用意しておいでなさーい」と、金武にお住まいのイチゴ生産者の方から電話が入る。今年は、二月から四月にかけての寒波の影響で、例年より十日ばかり遅いお誘いであった。

電話を下さった農家は、十二月から五月初旬まではイチゴ。八月のお盆辺りから九月後半まではブドウを栽培し出荷されている。普通の野菜もそうだが、イチゴやブドウといった果実はその年の天候によって大いに左右されるらしい。収穫の時期は勿論のこと、果物の糖度、つまり味や形に天候の善し悪しが影響するとかで、毎年その調整に苦労されているらしい。

イチゴ栽培の方法を伺っていると、ただただ植えるだけでは、よいイチゴは望めないことを教えられた。毎年イチゴの株から伸び出るランナーという枝を切り取り畑に仮植えし、猛暑を避けるためにある程度伸びた苗を、今度は涼しい地方に送って避暑をさせるそうだ。ボクはてっきり

いただいたワケありイチゴ

収穫を終えたイチゴをある程度剪定をして、翌年まで放置しておけばそれに実が付くものと軽く考えていた。

ところが、イチゴを出荷するのには三年がかりということを知った。しかも、ハウスの土は総入れ替えをしないと連作障害が起きたり病気に感染してしまうものらしい。また、花が咲き始めるとミツ蜂を借りてきて、蜂の力をかりて受粉させるとか。だから、農薬は一切使わないという、我々にとってはありがたい話。

そんなわけで、イチゴのシーズンになるとハウスを訪れては、組合に出荷する前のイチゴを特別に譲っていただいている。おまけに、虫に食べられたり熟れ過ぎてしまったものを、ワケありイチゴとしてジャム用に無償でいただく。このイチゴはワケありだからジャム専用、と言われたって旨過ぎるくらいに旨い。帰りの車の中で味わうのは、もっぱらワケありばかり。こうしたワケありのイチゴは、平均気温が上昇すると多くなる。

寒い間は、完熟寸前のものを摘み取って出荷されているが、暖かくなると一晩で熟れ切ってしまうものらしい。とくに五月の半ばを過ぎるとその速度は速くなるのと同時に、ブドウの袋がけや剪定作業でイチゴに関わっていられなくなるそうだ。

そんな時に電話が入り、言わばハウスの整理のお手伝いというのが名目。ボク達がいただいた後は、全部引き抜いて畑を裸にするのだとか。二時間くらいかかって、収穫させていただいた量は何と二五キロ。うち七キロは人にあげたり食べたりで消化。残りはすべてジャム用だが、砂糖も一〇キロ近く必要で、なおかつ二〇〇ccの瓶が八十本。二日間は部屋中イチゴの香りが漂い、電話も受けられない忙しさ。しかし、あまおうのジャムは旨い。やはりイチゴの王様だと思う。

『奇跡のリンゴ』によせて

今、巷では『奇跡のリンゴ』という映画がブレイクしているらしい。実際に映画を観たわけではないから、内容については語れない。だが、テレビ等のマスコミの情報によると、無農薬でリンゴを栽培するという実話らしい。しかも、その無農薬のリンゴの味が素晴らしく、一般の消費者が手に入れようと思っても買えないそうである。なぜ買えぬかというと、映画の主人公の木村秋則さんの生き方に惚れ込み、彼を支え続けたパティシエなどの料理人にリンゴが渡ってしまうからだとか……。

こうした事実は、日本の食生活が明らかに変わってきている証にもなるのだから容認しよう。そのうちに、木村さんの作り方に共感したリンゴ農家の方々が増え、誰でもが無農薬のリンゴを食べたい時に食べられるようになると信じている。

と言ったって、現在流通しているリンゴが危ないという話ではない。最近の農薬使用の基準はかなり厳しくなっており、商品の抜き打ち検査により残留農薬のあるものは出荷されないように

堆肥から現れたカブトムシの幼虫

なっている。農薬を用いて危険なのは、食べる側より生産者の方が大きいだろう。が、消費者の中には、薬品アレルギーの方もおられるだろうから、できうる限り農薬は抑えていただきたいのが本音である。

よーく考えてみたら、昔は農薬なんかなかったわけである。それが、科学の発達によって次々に新しい薬が開発され、農業や畜産に携わる方々にとっては大いなる福音だったに違いない。しかし、その濫用《らんよう》による被害もかなり出ているのも事実。という次第で、我が菜園は農薬なるものは一切使わないことにしている。ただ、毎年のように夜盗虫《よとうむし》や青虫等の被害が多発。一夜にして、空豆が丸坊主になってしまったのはつい先日。キャベツや小松菜は虫の食べ残しを分けていただいている有様。トマトやキュウリの病気だって、事前に農薬をかけてさえおけば防げただろうが、そこのところは素人農法の美学を貫こう。唯一、農薬というか殺虫剤を用いているのが、ムカデ退治のスプレー。ボクと女房殿は二回ずつムカデに噛まれ、泣いたことがある。以来、このスプレーだけは数本家の中に常備している。

そんなこんなで、農薬もさることながら肥料も、できる限り自然界にあるものを用いようと、四苦八苦している。刈りとった雑草、近所から集めた木の葉、竹林を伐採して作った竹のチップ、馬糞入りの堆肥等々……。それらを、大きな袋に入れて寝かし、醱酵した後に耕した畑に混入するのだが、スコップで運ぼうとしたらカブトムシの幼虫が続々と出現。数えてみたら一平方メートルに五十匹はいただろう。よい堆肥はカブトムシのゆりかごであったのだ。本当はすぐに堆肥を使いたかったのだが、彼等を見殺しにはできないので、新しいベッドを用意して移転させた。カブトムシが温々と暮らしていた寝室は、サツマ芋の寝床と相成った。多分、この秋は、素晴らしく旨いサツマ芋が収穫できるに相違ない。

檀家はジャム地獄

五月の連休が明けた頃から、我が家のキッチンは異様な光景が続いている。五台あるガスコンロに大鍋が並び、絶えず火を点けている状態だ。最初に始まったのが、博多特産のあまおうを煮込む作業。もう三十年近く懇意にしていただいている果物農家さんから、ハウスで栽培しているイチゴがそろそろ終わりになるから片付けに来てください、という連絡が入る。ハウスの中に入ると、室温は三〇度台半ばを超えてムンムンとしている。この時期になると、イチゴも盛りを過ぎてたちまち完熟してしまい、痛みが激しくなるから流通に乗せられないそうなのである。

そこで、まだまだ大粒のイチゴがなっているのに、畑を片付けなければならない。そんなわけで数人の知り合いに声をかけ、イチゴジャム用に摘み取り、その後はためらいもなく苗を抜き取るそうである。ボクたち夫婦が二時間かけて摘み取らせていただいたイチゴの量は、何と二六キロを超えていた。家に持ち帰り水洗いをした後、大鍋に移してイチゴの重さの約半分のグラニュー糖を混ぜ一晩寝かせる。翌日になると、イチゴから果汁が滲《し》み出て鍋の中は美しい鮮紅色に染まる。そう、氷イチゴの色を想像していただければ分かりやすいだろう。この状態で、銅の大鍋に移し灰汁《あく》をすくいながらコトコトと煮込む。水分が蒸発しドロリとなったらイチゴジャムの出来上がり。

　次に適宜の大きさの瓶を用意し、その瓶に一本ずつ移していく。少量であれば、マヨネーズの瓶とか外の空き瓶に入れれば事足りるだろうが、そんな規模の量ではない。そこで、女房殿がネット検索でジャム用の瓶を購入。その数、一回に二百本単位。届いた瓶と蓋を熱湯で煮沸消毒し、出来たジャムを移す。今度はその瓶を再び鍋に入れ、一〇〇度近い温度で約二〇分熱して蓋をし、広げた布巾の上に逆さまに置き、冷ます。分かりやすいようにリボン状のテープを貼り作業は終了。しかし、こんな大量のジャムは夫婦では絶対に消費することは不可能。取り敢えずは、冷房を効かせた食品庫に保存。

机の上にひしめくジャムの瓶

　イチゴとの戦いが終わってホッと一息つきたいのだが、この頃になるとビワが熟れ出す。ビワは箱詰めにして友人達にお送りして食べていただいているが、三十本を超える木には相当数のビワが実る。中には少し傷がついたり擦れて黒ずんだりするものが出る。味はまったく遜色はないけれど送るわけにはいかないし、さりとて捨てるのには勿体ない。そこで、再びビワジャムの生産開始。だがビワの場合は、イチゴと違って少々手がかかる。まず皮を剝き種を取らねばならない。おかげで女房殿の指先はビワの灰汁で真っ黒に染まる。

ビワの処理が終わると、父が残した梅の木の実が一斉に熟れ出す。青梅は砂糖に漬けてカリカリ梅にしたり、梅酒にしたり友人を呼んで持ち帰ってもらうのだがそれで片付く量ではない。熟れた梅は梅干用に塩漬けにしたとしても、まだまだ消化し切れない。苦肉の策で、またぞろ梅ジャム作りを試みる。と、梅のジャムはことのほか旨い。梅の香りと酸味と砂糖の甘さが中和して、他所《よそ》ではあまり味わえぬ高級感のあるものに生まれ変わる。

梅がそろそろ終わりに近づくと、今度はスモモの実が色付き、再びジャム作りと相成る。ちょうど梅の終わりと重なるから、二種混合のジャムを作ってみたら、これが大成功。考えたら、梅もプラムも同じ仲間、納得である。という次第で、ジャムにする食材は次から次に現れる。今はヤマモモだしブラックベリーにプルーンと続く。このペースで行くと、一千瓶以上のジャムが出来る。作っている最中は地獄のようだが、友人達の喜ぶ顔を思うと嬉しくなるから面白い。

スイカエレジー

ボクの大好物の果物と言えば、何と申してもスイカである。八月の終わりに生まれたこともあって、子供の頃から誕生日のお祝いはケーキではなくスイカであった。父の友人が富山で寺の住職をされており、夏休みが終わりに近づくと大きなスイカが送られて来た。その重さは二〇キロはあり、冷やすために井戸に吊るすのだが、子供の力では引き上げることが叶わなかった。

このスイカの名前は黒部西瓜と言い、ラグビーボールを巨大化したような形で、誕生日に悪童達が二十人集まっても食べ切れなかったことを思い出す。食べ終えた皮の部分のやや赤いところはカブトムシやスズムシの餌になったし、白い部分は塩揉みにした後ヌカミソに漬けてご飯のおかずになったものだ。このスイカのヌカミソが懐かしく、我が家に於いてナスやキュウリと共に味わいたいと思うのだが、昨今のスイカは必要以上に品種改良がされており、皮と赤い部分の間の白いところが極端に薄くなってしまいヌカミソにはならないのがいささか寂しい。

スイカと言えば、高山病に罹り死にかけたことを思い出す。ボリビアの首都ラパスとペルーの

檀家で収穫されたスイカ（右）と黒部西瓜

首都リマを何回か飛行機で行き来した際、リマからラパスに戻った時についついはしゃいでしまった。ラパスの空港は四〇〇〇メートルを超える高地にあり、市内でさえ富士山よりわずかに低い程度。したがって、空気中の酸素量は平地の六〇％程度しかない。金持ちの住む住宅地は盆地のすり鉢の底にあり、低所得者は高台に住まざるを得ないのがラパスの現実。

　ラパスは高山病に罹りやすいということは、百も承知のことではあったのだが、リマの疲れを癒すべく、バスタブに熱い湯を張って入浴したのが災いした。湯上がりに冷たいビールを飲んだのもいけなかったようだ、ジョッキ一杯のビールの酔が醒めないのである。夕方飲んだのだが、深夜になると酔が益々ひどくなるばかりか、発熱、悪寒、頭痛に関節痛。脈拍は倍以上刻んでいるし、呼吸も苦しくなり意識が朦《もう》朧《ろう》とし始めた。このまま死ぬと思ったのだが、どうしたものかスイカが食べたくなり、同行の友人に無心して、アメリカのスイカを取り寄せてもらい食べたら、少しずつ体力が回復して来た。

恐らく、スイカ一個が五万円くらいした記憶がある……。

という次第で、夏の檀家にはスイカが欠かせない。鳥取から送ってもらったり、熊本や日田のスイカを常時用意している。それだけではない、ボク自身も小さな畑にスイカを植え続けているのだが、難しい。一昨年は熟れたと思ったらイノシシに先を越されたし、昨年はカラスに食われて全滅。今年は遮蔽《しゃへい》幕を張り巡らせたり、ネットを被せたのだが、あまり厳重にやり過ぎて風通しが悪くなり、実が期待したほど大きくならなかったのが悔しい。それでも、大小八個くらいの収穫。そんな折に、富山の巨大スイカが送られて来た。二〇キロと六キロでは比べるべくもないが、自家製のスイカは案外甘くて旨い。ジュースにして冷凍しておけば、残暑が続く間は楽しめるだろう。

塩梅とは……

いやはや、今年の異常気象は一体どうなっているのだろう。早い梅雨明け宣言の後は旱魃《かんばつ》とも言える日照りが続き、先日は西日本を襲った豪雨。その影響で、我が家の菜園はカラカラが転じて泥沼状態。福岡に移住する決断をして、その準備のために体験農園に通った。そこでは、播種前後と苗を植える時以外は水を与えぬようにと習った。頻繁に水を与えると、植物が毛細根を伸ばさなくなり自立出来なくなるのだ。つまり過保護は、人間に対しても植物にもよいことはない。

さりとて、まったくの水なしでは畑のナスやキュウリは育ってはくれない。憎たらしいほど逞《たくま》しい雑草でも、強烈な日照りには勝てずに干涸らびかけている。この状態は、明らかに水不足による被害だろう。畑の周囲の土は地割れを起こしているし、ちょっと風が吹けば土埃が舞い上がる。そこで致し方なく、井戸水を如雨露《じょうろ》に入れて夕方に撒く。昼間に水を与えると、地熱が六〇度近くになっているから根が煮えてしまうと教わった。

煮えてしまうのは、畑の野菜ばかりではなかった。梅雨明け寸前に完熟した梅を塩漬けにして、

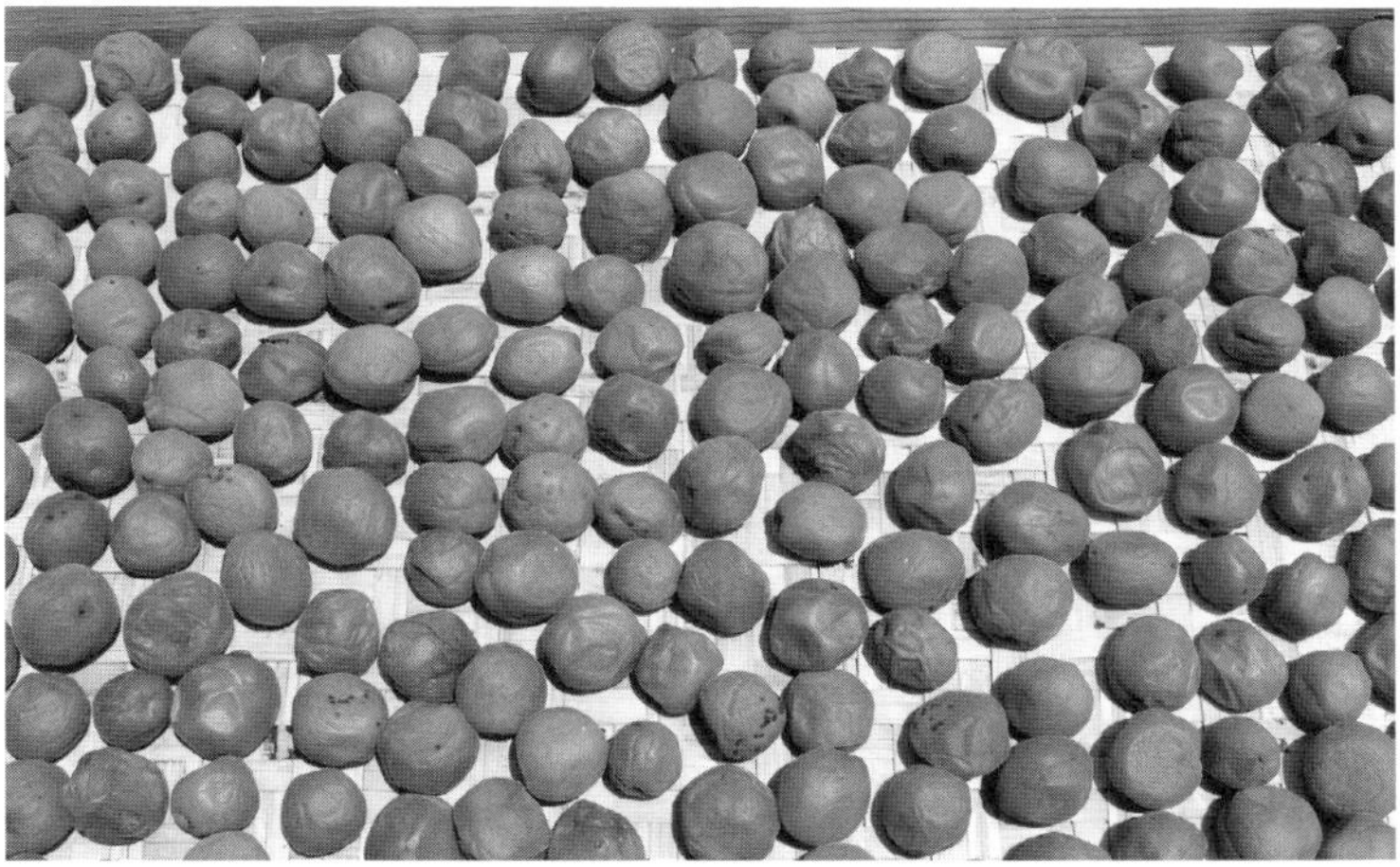

自家製梅干、今年は失敗……

梅干の準備をしていた。今年は、梅の出来もよく併せて赤紫蘇も思ったより育ってくれた。梅は塩を施しながら甕《かめ》にいれ、しっかりと重石をする。その中に、塩揉みをした紫蘇を加え数十日安置する。土用干しという言葉があるが、この頃に甕から梅と紫蘇を取り出して、三日から五日ほど甕から出したり入れたり、夜干しをしたりして紫蘇の色素を梅に定着させたりするのだが、日中の気温が高くなり過ぎると梅が煮えてしまう。とにかく、梅の熟れ方も干す頃の気温も、毎年同じということはあり得ない。その状況を見極めて、塩加減をしたり夜干しをするか何日天日に晒《さら》すかを決めるのである。

日本には古くから「塩梅」という素晴らしい言葉が存在する。これは、梅干を漬けるとよく理解出来るのだが、梅に対する塩のさじ加減とも考えられるし、梅酢を使った料理の塩加減とも考えられる。だが昨今では、案配とか按排、按配というように代用字で用いられる場合がある。ま、様子を見るとか探るという時に用いる言葉だから料理以外だったら、塩梅以外の書き方でよいと思う。ただ、辞書などを開くと塩梅酢という表現があり、三杯酢の味付けや味を上手に整えた酢の物などに用いている。

ちなみに、我が家で愛用している塩はフィリピンの塩田で製塩されたもの。新潟の村で、国際結婚をした方の家の漬物が旨いので聞いてみたら、奥さんの里のフィリピンの塩だったことが判明。以来村で取り寄せ販売、ボクもその塩の旨さに驚嘆して以来欠かせないアイテム。しかし、塩が旨くても、暑過ぎる太陽の下では梅干はうまく出来ない。今年は、失敗と女房殿は宣言。来年こそは、天候、梅の熟れ具合などなど、すべての塩梅を見極めて、美しくて旨い梅干を作ろうと目論む。

野菜を蓄える

家庭農園の悩みは、とれた野菜をいかに合理的に保存するかである。世間一般での老夫婦の二人暮らしであれば、必要な時に必要なものを必要な量だけ買い求めればよい。都会生活では、玄関を出て数分の所にスーパーマーケットやそれに類する店があるだろう。新居は離島、したがってコンビニやスーパーという便利な店は一軒もない。不便という点では、大いに不便な生活である。が、そんな環境を承知の上で、六十歳を過ぎてから敢えて移住したのだから文句は言わない。

正直なところ、すべてのことを金銭で解決する都会生活に対して、疎ましさを感じ始めていたかも知れない。そんな折に、道路拡張計画の話が持ち上がり、夫婦二人で話し合って即断。「そうだ、福岡へ行こう」、と。一旦そう決めてしまったら、移転のための賠償金や煩雑な手続きは上の空。早くも、新天地での暮らしの青写真を描き始めた。

最初に考えたことは、畑作り。女房殿は、自家製のパン。最初から、父が遺してくれた島の家に住む計画だったから、二人とも心の中での準備は着々と始めていた。夫婦の役割は、妻がイン

吊るした玉ネギ。野菜の保存に悩む

ドアに責任を持ち、夫は力を必要とするアウトドア。勿論《もちろん》、建て直さねば住めぬ父の家を解体し、新居の設計をしなければならない。普通の考え方だと、建築家に依頼してすべてを任せることが多い。我等も、当初は友人の建築家に依頼はしたものの、夫婦の要求があまりにも強過ぎて、建築家に匙《さじ》を投げられてしまった。そうなると、工務店お抱えの設計士にボク等の要求を伝え、その通りに図面を起してもらうしか術はない。

しかし、紆余曲折しながらも、二年後には内装を残しつつ、家の八分は仕上がった。冒険ではあるが、未完成の状態で引っ越しを敢行。家が完成したのは、約半年後のことである。

新居に移り住んで最初に夫婦で手掛けたのが、菜園。何はともあれ、新鮮な野菜を手に入れなければ食事が作れない。当初は、致し方なくフェリーに乗って買い出しに出かけていたのだが、大変に億劫なことであった。そのうちに植えた野菜が、ボチボチ取れ始める。売られているものと比べると、貧弱ではあったが味はすこぶる良い。新鮮なこともあるのだろうが、土のミネラルの作用だろうか味に深みがあるのだ。が、作物を収穫し始めて、はたと気がついた。野菜には、旬がある。とくに葉ものは、食べ時が短い。豆類も野菜も一気に育ち、数十人を賄える量となる。

そこで、苦労したのが野菜の保存法。青物は茹でた後冷凍、芋類はモミガラに埋め込んで冷暗所へ、玉ネギやニンニクは紐で縛り風通しのよいところに吊るす。トマトは水煮をして冷凍、困ったのがナス。そこで、女房殿が思いついたのがジャム。これが、旨い。後は、スライスして天日干し。用いる時に、水で戻して煮付けたり炒めたり。そんなことで、これからの余生、自家製野菜のおいしい保存法の追求が課題となるだろう。

石蕗と鰤

今、家の周りの石蕗《つわぶき》が、一斉に咲き出した。普段の生活の中で、散歩道に石蕗があることなどあまり気がつくことはない。しかし、黄色く小型のひまわり風の花が競うように咲き出すと、あっここにも石蕗があったんだ、と、ささやかな喜びを覚えるのである。石蕗というからには、蕗の仲間とばかり思い込んでいたのだが、どうやら菊科の植物であることが判明した。

確かに、菊科と言われれば、花は菊の花のようにも思える。ところが、花以外の姿形を見ると、どうしても蕗にしか思えない。葉っぱは艶々としているし、茎にも薄茶色の産毛が生えている。だがしかし、誰が見たとしても絶対に菊には見えないのではあるまいか。

春、石蕗が新芽を出すと、散歩の際にレジ袋を持って歩き一握りほど採集する。ツワはなるべく太くて葉の開いていないものがよい、細いものは筋張っていて歯に引っかかるしおいしくない。食べ方は、まずは佃煮を作る。摘み取ったツワの茎を丁寧に扱《しご》くように水洗いをし、しばらくの間水に晒《さら》してアクを抜く。今度は、葉の部分を切り捨て茎の長さを均等に揃え切りをする。長さ

可憐な石蕗の花

は、五センチ弱といったところだろうか。後は、醬油とみりん、酒を少々加えて弱火で煮詰めるだけ。味の濃さは、これればかりは好みだから何とも言えないし、甘くしたかったら砂糖を入れればよいだろう。煮加減は、水分が飛んだらそれでよい。ゆめゆめ焦がさぬよう、ご用心。

もう一つの料理は、油炒め。これは、いささか面倒だ。ツワの茎の皮を剝かねばならないからである、と言ったってボクは一度くらいしかやったことがない。皮を剝き終わったら同じように切り揃えて水から下茹でを施す。エグ味を取るのと同時に柔らかくするためだ。皮を剝く際に、驚くほどアクで爪の先が黒く染まってしまうのが、この料理を敬遠する所以。

鍋に油を入れて炒め煮にするのだが、味付けは炒め終わる頃に薄口醬油とみりん、それに出汁か鰹節を少し加えて水分を飛ばす。好みで、小口切りにした鷹の爪や青山椒の実を加えても旨い。どうして花が咲いている時期に春の料理の話をしたかと申すと、花があるときに石蕗の生えている場所を覚えておいてほしいからだけのこと。

石蕗の花が咲き出すと、鰤がそろそろ現れる合図であるという話を聞いたことがある。また、太刀魚なども群れをなすから、釣り人達には格好の報せであるとも聞いた。が、昨今は気候がおかしくなってしまったと、ボクが住む能古島の漁師さんは嘆いている。アジ漁に出かけてもまったくアジは網にかからず、サッパ（ままかり）ばかりで話にならん、と愚痴をこぼされる。ままかりは、岡山辺りではよく食べるが、博多湾では取れなかったからだろう、市場でも値がつかぬとか。博多湾の広範囲埋め立てと気候の変化で、湾の生態系が変わってしまったようである。人間の住むところは増えたが、魚の住む場所がなくなってしまったのは歴然とした事実のようである。石蕗の可憐な花を見て、憂いが深まる次第。

自然の力

家庭菜園の喜びと言えば、これはもう収穫の嬉しさに尽きるだろう。小松菜や白菜などの葉もの野菜が少々虫に喰われたとしても、そんなことは一切気にしない。モンシロチョウやアゲハチョウは、確かに家庭菜園をやっている者にとっては天敵であるかもしれない。モンシロチョウはキャベツや白菜を好んで食べるし、アゲハチョウはニンジンやレモンの葉を好んで食べる。だから、放ったらかしにしておくと、こちらの食べものが明らかに彼等の食事となり満足な収穫は望めない。そこで、可哀相ではあるが見つけ次第に殺処分。捕まえては、足で踏みつける。農薬を薦められるが、何の知識もないボク達にとっては毒薬のようなものだから、虫どもの食べ忘れたものを味わうことでよしとしている。

そんなわけで、完全無農薬だからサッと洗うだけで安心して口に入れられるし、孫達への離乳食として送ることもできる。しかし、何と申しても最大の喜びは、本当においしいことであろう。確かに、スーパーやデパートで売られている野菜は形が揃っているし、我が家のものに比べると

〝てんとう生え〟した香菜

キレイである。が、ハウス等で無理をして育てている弊害からだろうか、季節の味が感じられないし野菜独特の風味がいささか足りないような気がするのだ。

野菜の風味と言えば、最近は園芸店等の棚に色々な種類のハーブの苗が売られている。例えば、レモングラスであったりパセリやイタリアンパセリ、オレガノやフェンネル等々が所狭しと並べられている。そんな中に、コリアンダーと呼ばれているハーブがある。地中海周辺が原産地であり、シルクロードを経由してアジアの各地にも伝播《でんぱ》したようである。このコリアンダー、和名が何とコエンドロと言い、今から一千年くらい前に中国から漢方として渡って来たとか。中国語では香菜（シャンツァイ）、タイ語ではパクチー、インドではグニャー、ベトナムではザウムイとかンゴリーと呼ばれ、毎日の食卓には欠かせない食材となっている。

そのコエンドロ、原産地のポルトガルではコエントロと今でも呼ばれているから、ポルトガル語がそのまま日本に伝えられたものであろう。我が家ではシャンツァイと呼び、五十年以上前から食べている。これは、父の大好物であったからの話で、当時は横浜の中華街にしか売られていなかった。

そこで、庭に種を蒔《ま》いて育てていたが、冬の間しか収穫はできず、主に羊料理に用いていた。香菜の香りが、羊の臭みを和らげてくれるからに他ならない。

当然のことながら、能古島に移住してすぐに蒔いたのが香菜。土質が合ったのだろう、彼岸過ぎに蒔いた種は見事に芽を出し、冬の食卓には、タイ、中華、地中海料理として活用、離島の食卓には欠かせぬ存在。この香菜が、隣の放置された土地に生えているではないか。自然生え、福岡ではてんとう生え（天道生え?）と言っているが、超嬉しい出来事。地中海ならぬ博多湾に、香菜が馴染んでくれたのだ。もちろん、畑にも育ってはいるが、これで安心して羊の鍋が楽しめる。自然の為せる偉大な技に、大いに感謝しているところ。

シイタケ大尽

冒頭から「大尽」などという、もはや死語になりつつある言葉を使ってしまったが、別に椎茸で金を儲けたわけではない。今年になって、ようやく人に自慢出来るような椎茸が我が家にも立ち始めたからである。椎茸が生えたからと言って、大喜びをするなんて馬鹿馬鹿しい話と思われるだろう。だが、二十本ばかりあるクヌギのほだ木に、むくむくと椎茸が生えているさまを発見すると、思わず大声を張り上げ万歳をするほど。

十年ばかり前、伊豆の椎茸栽培の名人にほだ木を三本いただき、東京の家の片隅に置いていた。置いていたというより、北側の軒下に放置していただけのこと。これではまともな椎茸が生えるはずもない。数回だけ、椎茸らしい姿を見かけたが食べるまでには至らなかった。内閣総理大臣賞を数回受賞した名人は、ボクの育て方の説明を聞き、「そりゃー無理ですね。適度な湿り気と、椎茸同士が共存出来る環境を作ってあげないとね……。本数も少ないから、椎茸もコロニーを形成するまで行ってないでしょう」。

椎茸にコロニーがあるなんて。話をきちんと伺うと、ほだ木が集まることによって周囲に湿度を閉じ込めることが出来る他、椎茸が傘を開く際に放出する菌が他のほだ木に宿り、新たな椎茸が育つのだとか……。

名人の話を聞きながら、ふと落語の長屋の光景が浮かんできた。大家がいてご隠居さんがいて、八っつぁん熊さんが登場する人情話。別に長屋でなくとも、親子三代同居なんて暮らしは核家族化で消滅してしまっている。となると、生活の知恵だとかお袋の味なんていうのは継承されなくなってしまう。昔は、向こう三軒両隣なんていう言葉があって、醬油や味噌がなくなったら気軽に借りに行ったり、出産の際にはおかみさん達が応援に駆けつけた。

むくむくと生えてきた椎茸

ところが、今の社会では隣の住人の顔も名前も知らなかったり、外で会っても挨拶もしない。何と、無機質な世になってしまったのであろうか。椎茸にかこつけて、少々次世代のことを危ぶんでいる今日この頃。

我が家の椎茸のほだ木は、近所の雑木林を伐採した折におすそ分けをしていただいたもの。これに椎茸菌の駒木を打ち込み、二年ほど立てかけておくと椎茸が生えてくる。が、原木のクヌギも切る時期があり、夏の青々と繁った葉があるものは難しい。葉が黄色く枯れてから切り、一カ月ほど枝を付けたまま寝かせて置く。葉がすっかり落ちた頃を見計らって一メートルの長さに切り、菌を打ち込み再び湿った環境で寝かせる。と、然る後に素晴らしい椎茸が望めることが、ようやく今わかった。太さは一〇センチから二〇センチくらいだろうか、ここで少しジレンマが。ストーブの薪も椎茸のほだ木にも、クヌギが最高だからだ。そこで節の多いものは椎茸用にし、割りやすいものは薪にする。この薪ストーブの近くに取れ過ぎた椎茸を置いておくと、かなりいい干椎茸が出来る。どうやらこれで、正月用のガメ煮や節料理は大丈夫と、大尽気分でいる次第。

ネギのお話

時が経つのは早いもので、福岡に移り住んで五回目の正月を迎えた。もともとボクの両親が福岡県育ちだったから、雑煮やガメ煮といったお節料理は東京での暮らしの中でも慣れ親しんでいた。愛する女房殿とても、檀の家に嫁いで丸々五十年経っているので、実家の料理より、檀家の味に舌が馴染んでいるようだ。

我々が福岡に移住した直後、女房殿は「福岡には白ネギが少ないのよ、こちらの方達は召し上がらないのかしら」と、言っていたことを思い出す。まったく白ネギがないわけではないが、東京に比べると圧倒的に少ないのは事実。うどんやラーメンには、東京では考えられぬほどの刻み青ネギが載っている。関西の方々もどちらかと言うと、白ネギより青ネギの方が多いようだ。関西では、ネギのことを鉄砲という。これは、鍋などに入っているネギをうっかり噛むと、ピュッと芯が飛ぶかららしい。関西のネギの代表は、九条ネギ。当初は京都の九条界隈《かいわい》で作られていたが、大阪で珍重され徐々に日本中に伝播《でんぱ》していった模様。

手前が関東ネギ、奥が九条の太ネギ

九条ネギの特徴は、適度に白い部分もあり、緑の部分もしっかりと存在する。しかも、ネギ全体がまことに柔らかく、仄《ほの》かな甘みと香りが素晴らしい。だからだろう、関西名物のネギ焼きにはこの九条がふんだんに用いられている。二十代の前半に大阪を訪ねた折、友人に連れられ十三《じゅうそう》で食べたネギ焼きの味は忘れられぬ。あまりの旨さに、五人前をペロリと食べたことを思い出す。この時、友人が東京のネギは固い上に臭い、と宣《のたも》うていた。最近この九条ネギ、どこかのレストランで食品表示偽装の対象になった。恐らくは、産地を偽装したのだろうが、おいしければどこの産でもよい、とボクは思う。現実にボクも家庭菜園で九条ネギを植えているが、立派に育ってくれて味も香りも相当なもの、能古島産の九条ネギである。

福岡には博多万能ネギというのがあり、これが今や東京で大人気。誰が思いついたか分からぬが、ＪＡＬのカーゴに載せて運び、ロゴまでしっかり付いている。消費者はそのロゴを見て安心して買い求め、いつしか定着してしまったのである。が、何と申しても博多代表と言えば、鴨頭《こうとう》ネギ。冬の季語にもなっているフグとチリ、博多名物の水炊きには欠かせないのが鴨頭ネギ。美しく捌《さば》かれたフグの身に鴨頭ネギを二、三本巻き、細かく刻んだ鴨頭ネギをたっぷりと加えたポン酢醤油で味わう。この技というか、情緒こそ世界の文化遺産に相違ないと思う次第。残念ながら鴨頭ネギだけは、我が菜園では作れない。多分、かなりの密植と土を工夫されているのだろうが、ボクが作ると当たり前の青ネギにしかならないのが悲しい。とは申せ、我が家の畑には白ネギ、越津ネギ、九条ネギ、ワケギ等々と十種近くのネギが育っていて、それぞれに味が異なるから面白い。先日も、白ネギを三センチ位の長さに切り、大間のマグロとともに葱鮪《ねぎま》鍋に仕立てた。やはり、この江戸前料理には白ネギが不可欠。ボクの結論としては、ネギをはじめとする白菜や大根等の冬野菜が高騰している最中、畑に出さえすれば旨い鍋料理が楽しめるのだから何の不足もない。

父と節分

大寒も過ぎ、ようやく正月気分が抜けたところで一月は終わり。そして二月に入るとすぐに節分、翌日は立春だ。この節分の日、つまり二月三日は亡き父檀一雄の誕生日。もし存命ならば、百二歳。父は誕生日の日に、「私は冬の最後の日に生まれました。明日は立春、明日からは暦の上では春なのです。さあ、盛大に豆撒きをしてチチさんの誕生日を祝って下さい」という次第でこの日はケーキを食べることもなく、日没前に大騒ぎをして豆を撒き、残りの豆を味わうのが冬の終わりの宵の檀家の慣わしとなっていた。

また父は、節分の解釈について、「日本には春夏秋冬の四季があります。この季節を分けるのが節分で、本当は、立夏、立秋、立冬の前日も節分なのですが、お祝いをするのは春の前だけですね〜。きっと、昔の人は、冬が嫌いだったのでしょうね。アッハッハー」と、愉快そうに笑っていたことを思い出す。

この父が他界して、既に三十八年。しかし、父の故郷である柳川の方々は、未だに多くの方々が集まって下さり、菩提寺の福厳寺に於いて法要をして下さっている。父は祖父が文部省の技官を業としていたため、山梨県の都留市で生を受けた。だが生まれて間もなくから、祖父の転勤により各地を転々とする。本籍は祖父の生まれ故郷である柳川のままで、親族が柳川に居を構えていたため、ことある毎《ごと》に柳川を訪れては、安らぎの時を過ごしていたようだ。

　偶然ではあるが、父の祖父の家が北原白秋の生家の隣であったため、北原家とはかなり親しいお付き合いがあったようで、少なからず白秋先生の影響を幼少の頃から受けていたという。余談だが、白秋家が火災に遭い、その後は父の祖父が焼け跡の土地を引き取ったらしい。

柳川の「御花」のナマコ塀の前で
タバコをくゆらす父、檀一雄

　父一雄の生母、とみの故郷は現在の久留米市。何でも有馬藩の重要な役割を果たした家臣の家系で、野中の屋敷には小川が流れており鯉が多数いたのだとか……。久留米出身の直木賞作家、有馬頼義氏は、久留米藩主有馬家十六代当主であったからだろう、先輩であるにも拘らず、父にとって何となく煙たい存在であったと語っていたのは笑い話。

という次第で、各地を転々としていた父も、柳川は我が故郷と公言していたし、旧制の福岡高等学校で学んだことに加え、多くの友人が福岡県人であったからか頻繁に福岡を訪れていた。このついでに、ボクの母である律子は福岡女学院の出だし、後添い、つまりふみの母ヨソ子は柳川伝習館で学んでいる。

だからであろう、檀家の節の味は福岡そのもの。ガメ煮も雑煮も博多流あるいは柳川や久留米の味付けである。晩年の父は、博多を見晴らす能古に居を構えたし、このボクも何の抵抗もなく能古島の住人となった。二月三日は父の墓というより檀家の墓に掌を合わせ、ことのついでに柳川の郷土料理にありつこうと企んでいる。勿論、能古に帰ったら豆撒きだ。

さくらんぼの花

つい先日、不肖の息子二人に嫁いでくれたありがたいお嫁さん達に、我が家の近所で生産されているおいしいミカンを送った。種類はかなり大きい晩白柚《ばんぺいゆ》とハッサクである。いずれも低農薬栽培で有機肥料をふんだんに用いているとかですこぶる旨い。三十数年前に他界した父も、能古島のハッサクはおいしいからと東京の息子や娘に送ってくれたものである。

ところが、普段は翌日の夜に到着するはずの貨物便が、まったく届かぬ様子。それもそのはず、二月に入って数回に渡り日本列島を襲った大雪。雪国であれば、除雪車であるとか個人の車にもスノータイヤが装備されていて、それほどに慌てることはないだろう。昨今、想定外という表現が飛び交っているが、今回の大雪のことを単に想定外の一言で済ませてはならぬのではなかろうか。勿論、この言葉はボク自身にも反映するだろう。息子夫婦にミカンを送る前日あたりに、天気予報ではこの週末は大雪に警戒して下さい、と間違いなく警鐘を鳴らしていた。にも拘《かか》わらず、うっかり食べものを送ってしまった。今回はミカンという日持ちするものなのでよかったが、生

庭先に可憐に咲いた桜桃の花

ものを送ることもよくある。こんな時に、生ものが傷んだ場合、責任の所在はどちらにあるものだろうか……。

と、異常なまでの天候不順を憂いながら、書斎の窓から朝日を背にした博多の街並を眺めていると、目の前に小さな物体が横切って行く。視線を手前に戻しよく見ると、メジロらしき小鳥が群れをなして白い花を啄《ついば》んでいる。梅の花と思っていたら、梅ではなく桜桃の花であった。桜桃とは、さくらんぼである。さくらんぼというと、福島県や山形県が本場で六月に入ると美しい実が世の中に出回る。そんなわけで、さくらんぼは北国のものとばかり思い込んでいたら、何と九州でも育つことが判明。我が家の周りの梅の花が終わると、桜らしき花がそこかしこに咲く。染井吉野や山桜よりちょっと早めに花を持つ緋寒《ひかん》桜の仲間と思っていたら、何とさくらんぼ。つまり、桜桃の花である。花の色はややピンクで、梅や桜より花数が多いような気もする。この花を狙って、メジロの大群がやって来るのだ。現在メジロは保護鳥になっているから、捕獲はおろか家庭で飼うことも許されていないのに、一羽二十万円などという値がネットに流れている。いやいや、我が庭先に数百万円の野鳥が飛び交っていると考えると、喜色満面。

桜桃というと、父の友人であった太宰治の小説を思い出す。太宰は、玉川上水に入水してこの世を去るのだが、死の直前の五月に小説『桜桃』を書いている。この作品の冒頭に、われ、山にむかいて、目を挙ぐ。——詩編、第百二十一。と記されている。作品の内容は家族のことであるから、生きることの苦しさを主に問うたのであろう。天命に流されて生きるか、はたまた天命に逆らって死を選ぶか、さくらんぼの花からとんでもない連想をしている。六月には、小さいながらも多くのさくらんぼが実る。その甘酸っぱい味に、再び太宰を憶うものであろうか。

人参の産声

本当に、自然の力は凄いと思う。春の彼岸の一週間ばかり前に、用意してあった畑に人参《にんじん》の種を蒔《ま》いた。すると、天がこの光景を見てくれていたものか、理想的な雨が降ってくれたのである。何が理想的というと、あまり激しく降ってくれると折角蒔いた種が流れるだろう。少な過ぎても、種の発芽は始まらない。夜の間に、シトシトと降って徐々に畑を湿らせてくれるのが有り難い。欲を言えば、雨が上がった午前中は曇りの方が嬉しい。しっかり晴れて気温が上がり過ぎても、種が蒸れてしまうそうで、数日の間は徐々に気温が上がることが好ましい、と大先輩の専業農家の方が言っておられた。

今回の人参は、大いなる自然の力に助けられて理想的な誕生を遂げてくれた。ここのところ、二年近く人参の出来はよくなかった。とは申せ、人参は春と秋に種が蒔けるし、わずかではあるが収穫も楽しんだ。昨年もかなりいい発芽状態ではあったが、間引きを行う寸前にイノシシの親子連れが畑に現れ、人参の畝《うね》の上で寝っ転がってくれたのである。種を蒔いたばかりの畑は、土が柔らかいからであろうか、ややもすると我が愛犬までもが畑で仰向けになる。そこで、設備投資ということで大枚を叩《はた》いて、畑の周りにフェンスを張り巡らせてイノシシの出入りを差し止めた。乗ったまま畑を耕せる、小型のトラクターが買えたのにな〜。

雨が上がって数日経つと、細い双葉が土を持ち上げて鮮やかな緑の姿を見せてくれる。いや、最初は待ち針の頭のような形をしたものが、土の割れ目からチラリと黄色い顔を覗《のぞ》かせる。その愛らしさと、芽を出してくれたことに対する喜びは半端なものではない。というのも、こと人参に関しては発芽の条件が厳しく難しいからである。そんなわけで、人参の芽生えを確認した後の女房殿の嬉しそうな顔は、張り込んだ誕生日プレゼントを渡した時よりはるかに綻《ほころ》んで見えるから愉快。

愛らしく芽吹いた人参

人参は顔を出して数日経つと、双葉の間から本葉を少しずつ伸ばし始める。この愛らしい小さな葉っぱも、よくよく眺めてみると成長した人参とあまり変わらない立派なお姿。見た目が小さいだけで、ひと月もすればかなり成長するから、間引く。およそ、一〇センチ四方に一株が理想らしいので、元気のよい株を残し少しずつ抜く。最初の頃は、爪楊枝より少し細めの人参ではあるが色は間違いなく人参カラー。これが小指くらいの大きさになれば、十分にサラダの中に入れられる。孫娘はこのサイズの人参が大好物で、ウサギのようにポリポリと味わっていた。しかしだ、正直なところボクは人参が大嫌いで、ほとんど口にはしなかった。ところが女房殿は、ボクの大好物のきんぴらごぼうの中に、人参を紛れ込ませて料理を始めた。次第に、人参の量が増えてゆくという案配。この愛情深い女房殿の策略で、いつの間にか人参嫌いを克服。手前味噌になってしまうが、我が家の菜園のそれは格別。引き抜いた人参を、ジーパンで拭って味わう。梅雨に入る頃には、立派な人参が味わえるものと今から期待している。

自慢のカラー

我が家の敷地の中にちょっと変わった場所がある。大して珍しいことではないが水が滲《にじ》み出て来るのだ。その水の量は一分間に十滴くらいのものだろうか、極々微量ではあるが言ってしまえば水源なのである。隣の敷地とは三メートル位の高低差があり、その低い箇所から水が湧いている。水が湧くと言ったら大袈裟かも知れないが、長雨が続くとちょろちょろと流れ出る程度だが、湧き水には違いない。その水の滲み出るすぐ脇には井戸があり、昔は飲み水として用いたと聞いてはいるが、あまりにも浅い井戸なので飲料として使う気にはなれない。万が一災害でもあれば、ライフラインになると埋めずに残してある。

ここで一つ行政への不満というか、問題提起。この井戸が一部分牴触《ていしょく》する土地を、道路拡張のために福岡市に寄付をした。ただし、井戸は緊急時に使用したいから、井戸にかかる土地は寄付しないという条件で。だが市は、井戸を埋め立てて線引きしましょう、もしくは別の場所に井戸を市の予算で掘りましょう、と言っていたが予算が合わなかったのだろう、即撤回され井戸を

清楚な花を咲かせたカラー

湾曲する形で道路が完成。こんなことなら、もう少し早めにこちらの意図を理解してくれていれば……。

水を滲ませる問題の土地も、下の土地も昔は田んぼであった。そんなわけで、川ではないもののの、かなりの湿地であることは間違いない。現在は野菜畑として使っているが、畑には相当量の堆肥や新たな土を施し土壌を改良するのと同時に、側溝を設置して不必要な水は流して何とか畑らしく面目を保っている。が、水が滲み出ている周辺は、ビオトープにしたいと考えた。しかし、ビオトープ紛《まが》いの池であっても、一坪程度ではどうしようもないし女房殿の反対もある。

そこで、昔から女房殿が大好きだったカラーの苗を植えることにした。カラーは里芋科の植物で、尾瀬などで見かける水芭蕉や座禅草もこの仲間。ということで、カラーも湿地帯を好むと聞き及んでいたから、うまくいけば今回の企みにはピッタリの花。考えてみれば、東京でバリバリと仕事をやっていた頃、女房殿に不義理をした際には純白のカラーを花束にしてもらい家に帰るのが慣わしのようになっていた。白とグリーンのコントラストが絶妙で、まことに清楚な花である。ただし、下世話なことは言いたくないのだが、結構高い花なのだ。果たして、高級なカラーの花が我が家で咲いてくれるものであろうか。

植木鉢に植えられたまだ幼い株を一つと、もう一株は近所の湿地帯に植えられていたものを譲っていただき、試みに我が家の畑の隅に植えてみた。午前中はまともに陽が当たらぬ条件の悪い場所であったが、何と植えた翌年から花を開き始めた。こうなると嬉しくなり、畑の野菜に与える有機肥料や完熟堆肥を花が終わった頃と葉が枯れる時期に与えている。と、どうだろう、桜が咲く頃になるとカラーも開花し、花屋のものより立派な顔つきになってくれている。というわけで、カラーが咲くと女房殿の機嫌はよくなるし、我が菜園も上等な畑に見えてくるから愉快。

隣の芝生……

桜の花も終わり、辺りの景色が一気に変わってきた。これは、日照時間が長くなったことに加えて、平均気温が一五度を上回ったからに違いない。落葉し休眠していた木々も、ざわざわと音を立てるような風情で一斉に芽吹き始める。いやいや、木々ばかりではない、そこかしこの雑草共は互いに背丈を競い合う。この雑草の逞《たくま》しい成長は、家の周辺のあぜ道や果樹園の近くであれば、草払い機で刈り込み積み上げて堆肥として転用出来るだろう。

が、大いに悩んでいるのが庭の雑草。タンポポやナズナ（ぺんぺん草）に加えて芝に酷似した野草が、主役であるはずの野芝の居場所を奪うように繁茂し始めた。野芝とは、公園やゴルフ場に多く植えてある、比較的丈夫で育てやすい日本古来の芝の類と聞いている。一般的には高麗芝だとか姫高麗という品類を庭に張り込み、芝生としているのが主流のようだ。高麗芝や姫高麗は葉の幅が狭く、どちらかと言うと優しい緑色をしていてしっかり根付くと、緑の絨毯のようになる。そんな理由からだろう、子供さんが居られるお宅とか公園などにはこの種の芝が多く植えられている。

この類の芝は、一旦根付いてしまうと比較的手入れも楽で育てやすいと聞いていた。そこで、新居に移り住む際には高麗か姫高麗を植えようと目論んでいたのだが、我が家の庭はもともとは田んぼだった場所。したがって極端に水はけが悪く、大雨が降った後などには至る所がぐちゃぐちゃになり、下駄や靴底に泥が付着して歩けなくなってしまう。という次第で、何とか庭に芝を根付かせ、裸足かビーチサンダルのような気軽な履物で庭に出たいと考えている。青々とした芝生の庭を夢見て、植木屋さんにこの趣旨伝えると、「ダンさん、こん庭は水はけが悪かけん、高麗はつまらん。野芝ば植えなっせー。ほかん芝ば植えるとやったら、大々的に土壌改良ばして、排水用の暗渠《あんきょ》を埋めなー育たん。金のかかりますばい。そん代わり、野芝やったら強かけん、たいがいはいけると思うとる」

最強の芝セントオーガスチン種に張り替えよう

というような問答を経て、若干値は張るが強いということで野芝を選択。土壌改良も最低限必要な範囲で施してもらい、お薦めの芝を植えた。時期もちょうど今頃、桜が終わってしばらくしてからだった。植木屋の言いつけ通り、出来るだけ張った芝は踏まぬよう梅雨が明けるまでは待機。その甲斐があったのだろう、夏の太陽を燦々と浴びて芝は立派に成長。慣れない手つきで芝刈り機を駆使、伸びた芝を刈る。芝刈りの後は、愛犬と共に芝生の上で寝っ転がり無邪気に戯れる。しかし芝刈り以外の、散水とか追肥とか芝の根に空気を入れてやる作業とかは一切しなかった。愛犬も至る所に放尿。芝の間に生える草もついには放置、そうなると芝は急激に衰退する。どうして隣の芝は青いのだろう、と、心から思う。いやはや己の努力を怠り、他人のものと見比べている始末。そこで意を決し、芝の総入れ替えを決意。選んだ芝は、最強の芝セントオーガスチン種。今度こそ、真面目に優秀な芝と付き合わねばと奮起している。

ビワ貧乏

ようやくにして、ビワの収穫が終わった。今年の出来は、昨年の四割減といったところだろうか。昨年は、四十本近くあるビワの木に三千七百枚の袋を掛けて疲れ切ってしまった、というより女房殿の様子に異変が起きたのだ。その理由は明白、毎年のことではあるが三月のビワの袋掛けの時期にボクはタイに出かける。アジア太平洋広告祭がタイのパタヤで開かれ、それに出席するためである。という次第で、昨年の袋掛けの大半はほとんど彼女がやってくれていた。

一口に袋掛けと言っても、ただ袋をかけるだけではなく十個近く実を付けているものを三個まで摘果して袋を着せる。何で袋を掛けるかと言うと、寒さから守るのと毛虫や鳥などの被害を少なくするからのようだ。もう一つは、強風が吹き荒れた際、ビワの葉と実が風の力で擦れ合うことを防ぐためでもあるようだ。何だかファジーな言い回しをしているが、本当の理由は未だに判ってはいない。ビワを栽培しているご近所の方々が、こうだからそうしなさいという言葉にただただ従うばかりである。その先達の教えによると、ビワを収穫したらまずはお礼肥《れいごえ》。十一月くらいから花芽を付け始めるから追肥、同時に大量に付けるつぼみと脇芽の剪定。三月にもう一度追肥をして、摘果と同時に袋を掛けるわけだ。

　昨年は、あまりにも袋の数が多過ぎて女房殿に負担をかけ過ぎてしまったから、大胆な枝の剪定を行い、実を付け過ぎて弱りかけている木には実を付けさせないことにした。それでも、一千枚くらいしか減らせない。一つの袋に三個のビワを包むから、単純に計算しても八千個強のビワが実ることになる。我々夫婦がどんなに頑張っても、一日に食べる量は五、六個でしかない。これを二週間続けても、最大で百個くらいしか食べられぬ。女房殿はこんな現実を顧みて、「ビワの木、うちには二本あっても食べきれませんよね。ふーっ」溜め息まじりに天を仰ぐ。確かにその通り、収穫したビワの九割以上は箱詰めにして知人、友人、そして会社に送るのだが、その数とて半端ではない。二週間の間に五十箱以上は、宅配便かゆうパックで送っている。また、袋の隙間からそっと覗き見て、少し擦れの入ったものや傷のあるものは取り除かねばならないから大変。食べたら何でもない極上の味のものでも、キズ物を贈るわけにはいかない。そこで、女房殿は睡眠時間を削って夜中にビワの皮を剝き種を出してジャムにする。ビワの実をただ煮ただけではコンポート風にしかならないので、今年は一部をミキサ

今年もビワとの戦いが終わった

ーで粉砕し形を残した実とともに合わせて銅の鍋で煮込んだところ大成功。さらに味に個性を持たせるために、レモンの絞り汁とシナモンパウダーを加える。ジャムの数だけでも二百本以上だから、これも発送して食べていただく。

という次第で、五月の末から六月の半ばまではビワとの戦い。こんなことは考えたくもないが、荷物の発送料だけでも十万円近くにはなるだろう。加えて、ビワの収穫が終わってホッとする間もなく、梅が熟れ出し併せてプラムも一斉に色づいてくる。ボクは梯子を架けて梅をもいだりプラム収穫に専念。我がパートナーは梅をジャム用と梅干用に選別しながら、塩漬けにしたり鍋で煮込んでいる。今年は実験的に、プラムの完熟したものと梅の熟したものをミックスしてジャムにしてみたら、これが予想以上においしい。そこで『プラメ・ジャム』と命名して、これまた友人や会社の社員達に贈ることにした。

他にも、梅のジュレとかプラムのジュレも作るから、合計すると五百本以上のジャムやジュレが出来る。加えて、数年前から青梅の絞り汁をとことん煮詰めて、梅肉エキスを作り毎日舐めて夏場を乗り切っている。民間療法の処方だが、確かに体の抵抗力は強くなっているようだ。そんなことで、この季節は女房殿共々ぐったりと疲れるし、想定外の出費が重なり我が家の家計は極端に目減りしてしまうが、ビワやジャムを食べて下さった方々が「おいしい」と言って下さるから、来年も頑張ろうと改めて奮起しているところ。

ど根性ゴボウ

今、世界の人々が、喜んだり悲しんだりしていることだろう。そう、ブラジル各地で行われている、ワールドカップの話である。我が日本は、史上最強のチームとして前評判が高かったが、見るも無惨《むざん》な結果と相成った。監督が悪いとか、選手のフィジカル面とメンタルな部分のバランスが水準に達していないなど、結果論を申すのは簡単だ。それにしても、どうして勝てなかったものなのだろうか。残念ながら、日本の水準が世界のレベルに達していなかったと言えばそれまでなのだろう。とは言うものの、なんと前回の優勝国スペインが1次リーグ敗退。イタリアもイングランドもポルトガルですら、その例外ではなかった。敗退を余儀なくされたチームの試合を見ていると、個々の技術や駆け引きには卓越したものが見えたものの、生き残ろうという逞《たくま》しさに欠けていたとボクは考える。

かつての日本のスポーツ界では、根性論が取り沙汰されていたが、これは逆境に打ち勝つ逞しさであると考える。スポーツと自然界を比較するのは見当違いかもしれないが、雑草のようにひ

コンポストの脇に逞しく育つゴボウ

たすら己の遺伝子を残そうとするひたむきな力は見習うべきであろう。

そんな前置きはともかくとして、我が菜園に嬉しい出来事が起こった。ゴボウの自然生えである。菜園の端に、コンポスト（雑草や落ち葉などを溜めて、醱酵させ堆肥を作るしかけ）を三つ作ってある。一つが三畳くらいの広さだろうか、畑や土手の草を刈った後、コンポストに運び込み、数カ月に一度天地返しをすると堆肥になるわけだ。人によっては米ぬかを混ぜたり水をかけたりと、醱酵を促す工夫をしておられるが、我が家はほとんど放置したまま。それでも、一年間くらいすると下の方に立派な堆肥が出来ている。この堆肥を畑に与え、土壌改良を目指している。

このコンポストと、外側に敷き込んだコンクリートの板の二センチばかりの隙間に、今年の春ゴボウらしき芽が出ていた。畑にゴボウの種を蒔いたのは昨年の夏。イノシシに食い荒らされたものの、何とか数本のゴボウを収穫して堪能した。恐らくこの種蒔きの際に、種を蒔いた女房殿の手に種が一粒付着して、手を洗う際に僅かな隙間に落ちたものではなかろうか。

畑の中でゴボウの花を咲かせたことはないから、それ以外には考えられないのだ。ともあれこのゴボウ、日を追うごとに確実に成長している。畑ではないので肥料などはまったく与えてはいないけれど、ゴボウの根の数センチ隣は堆肥の山。だからだろう、畑に植えたゴボウと比べると頗《すこぶ》る逞しく育っている。試みにコンポストの板をずらし指を差し入れてみたら、ゴボウの頭の部分は四センチくらいの太さはあるようだ。我が菜園のものとは比べものにならぬ位の巨大ゴボウであった。

この『ど根性ゴボウ』、いつ収穫したらよいものかわからぬが、コンクリートの板とコンポストの枠板を取り外し丁寧に掘り起こそうと思う。根野菜の中でも、ゴボウはとりわけ大好物。キンピラもよし、サッと湯がいたサラダも嬉しい。あまり太くて鬆《す》がはいっているようであればガメ煮という選択もあろう。

侍ブルーが負けた今、逞しいゴボウだけが楽しみな週末である。

嬉しい同居人

早、能古島に移住をして五年を迎えようとしている。島の暮らしは愛する女房殿と、二頭のお犬様。一頭は東京から連れて来たミックス犬で齢十六歳、もう一頭はラブラドール・レトリバーの黒。よく言う、黒ラブで数日前に五歳の誕生日を迎えたばかり。実は、あと数カ月で福岡に引っ越すぞという時に、東京で一緒に暮らしていた黒ラブが九歳の若さで突然他界してしまった。そこで、三日と経たないうちにインターネットで検索し、福岡の糸島にあるブリーダーを探し当てた。早速電話をして問い合わせたところ「現在妊娠中の母親がいますが、既に六頭は予約済みなのでご希望にそえるかどうか……。女の子がお望みのようですが、もう一頭産まれたとしても……」

複雑な回答ではあったが、とにかく予約だけはお願いしておこうと、繁殖代金の一部を振り込んで待つことにした。運良く、希望通りの女の子が産まれ、ボク達が引っ越しを終えた一週間後に晴れて我が家の一員となった。

暮らし馴れた東京は、家から数分歩けばお医者さんも薬屋さんもあった。勿論《もちろん》、コンビニも比較的遅くまで営業しているスーパーもあり、暮らし自体には何の不自由も感じることはなかっただろう。友人にも、旨い料理が出来たから食べにおいでよ、と電話さえすれば然る後には駆けつけてくれ、賑《にぎ》やかな食事会がいつでも開けた。だが、島に暮らし始めてからは、そうした小宴は簡単には開けなくなってしまった。気軽に声がかけられる友人の数も東京に比べると少ないし、困るのは交通の便である。ウィークデーは十時四十五分がフェリーの最終便で、友人達が訪ねて来やすい日曜祭日は、最終便が一時間早まってしまう。

シャワー室への珍客。付き合いは2年になる

これでは、ゆったりと食事も出来ないし、酒を酌み交わしたとしても慌ただしい。以前は予約さえしておけば、海上タクシーで客の送迎が出来たが、船長がお年を召されたため、残念ながら廃業されてしまったのである。

こんな有様で、年を重ねるほどに人恋しくなるのに、どうしても女房殿との二人きりの時間が多くなる。女房殿とのコミュニケーションは、東京時代と比べると格段に取れるようになったから、ある意味では理想の夫婦関係になったかも知れない。が、あと何年の間二人が健在で暮らせるものだろうか……。我等夫婦の暮らしに潤いを与えてくれている犬も、やがて天寿を全うするだろう。なんてことを考えていると、寂しさはますます募るばかり。

そんな時に、庭に面したシャワー室に珍客が現れた。淡い緑色をしたアマガエルが、昼間は静かに眠り夜は外出なさる。この存在に気づいたのは一昨年の夏だったから、二年間我が家で同居していることになる。恰幅《かっぷく》も、昨年より二回りくらいは大きくなっているようだ。いつの間にか出かけ、いつの間にか眠っているアマガエル。そんな小さな命でさえ、数日見かけないと心配になってくるから不思議。昨年はカマキリに餌を与えていたし、風呂場の網戸に顔を出すヤモリにだって挨拶をする。

こんな光景を他の方がご覧になったら、「ダンさん大丈夫?」と思われるかも知れない。でも、大丈夫。彼等は喜んで虫を食べてくれる、心底頼りになる素晴らしい同居人なのだから……。

檸檬の酒

中秋の名月が運んでくれたものか、ようやく天気が回復し、秋らしい陽射しの下で畑仕事に精を出している。それにしても、ひどい雨であった。トマトやキュウリといった夏野菜は、雨にたたられて満足な収穫を得ることが叶わなかったと言ってよいだろう。そんな中で、唯一元気なのがナス。西日本独特の長ナスと一般的なナス、ここのところ、毎日二十本近くは取れているのではなかろうか。夫婦二人ではどうにも消費出来ないので、スライスして天日干しにして冬用の食料として保存。カラカラに乾燥させたものを、適宜水で戻して油揚げや豚肉と共に炒め煮に仕立てるとすこぶる旨い。言うところのおばん菜なのだろうが、時折やってくる息子達にはかなり嬉しいお菜となるらしい。

とは申すものの、毎日のお菜にナスばかり食べていると精神状態が歪《ゆが》んで来てしまう。そこで気を取り直して畑に赴き観察してみると、引っ越しをしてすぐに植えたレモンの木に緑色をした実が三十個ばかりなっているではないか。確か五月くらいであっただろう、紫と白を基調にした花が咲いていた。この花が、見事に結実してくれたのである。丸四年しか経っていない細い幹だから、たわわに実っているとは言い難いものの、イタリアのリキュールであるリモンチェッロくらいは作れそうである。レモンをベースにして比較的に甘口のお酒だから、女性に大人気のリキュール。しかし、どえらく強く、飲みやすいからと安易に飲んでしまうと、その後が大変なので要注意。

ようやく実を付けたレモン。リキュールを作ろう

ものは試し、作り方はいたって簡単なので、南イタリアの家庭で作られているレシピを紹介してみよう。まずは自然食品などを扱っている店で、無農薬のレモンを二十個弱手に入れる。この無農薬レモンを手に入れることが、ひょっとすると一番難しいことかも知れないが……。レモンの皮を丁寧に皮むき器（ピラー）などを用いて薄くむく。白い部分が入らぬようにしないと苦くなるから、要注意。この皮を刻んで広口瓶などに入れ、アルコール度数九八度くらいのウオッカを注ぐ。この

状態で十日ばかりねかせるのだが、時折ビンを振ってあげることが大切。十日後辺りに、水一リットル（ミネラルウオーターを奮発しよう）にグラニュー糖六〇〇グラムを加え、砂糖が溶けるよう加熱する。砂糖が溶けたところで、今度は室温になるまで冷ます。ウオッカに漬け込んだレモンの皮の繊維が入らぬように漉《こ》して、ウオッカと共に砂糖水に加え、再び一週間程度寝かせて馴《な》染《じ》ませる。二度ほど漉すのだが、コーヒー用のフィルターを用いると簡単。

時間はかかるが、比較的楽しく珠玉のリキュールが出来上がるから、秋の夜長を是非是非充実させていただきたい。ちなみに、昨年作ったリモンチェッロは、二人の息子の嫁が気に入り持ち帰り完飲したとか。挙げ句の果てには、今年の酒の催促をされてしまった次第。酒としては大変よく出来たと思うのだが、父に飲ませたらどう表現したものであろうか……。

萩の花によせて

ようやくにして、萩の花がほころび始めた。正確ではないけれども、昨年は九月に入ると満開の風情であったように思う。やはり、七月から八月にかけての長雨が、植物のセンサーを狂わせてしまったに違いない。萩ばかりではなく、他の花々も例外ではない。毎年計ったように派手な花を見せつける彼岸花でさえ、一週間は遅れて咲いたのではなかろうか。冷夏の影響は、どうやら野菜の高騰だけの話ではなかった。

萩と言えば、父にとって最後の夏となった七月に、能古の庭に萩の木を植えるよう友人に懇願したようだ。庭を萩の花で囲みたいという父の要望を受けた友人は、萩の苗木を百本ほど買い求め、炎天下、家の周りに植えたそうである。しかし、その年は猛暑であった。誰一人として植えた苗に水を与えなかったためであろう、太陽に晒《さら》された萩は敢《あ》えなく枯れてしまった。

九月に入り秋めいた頃、妹のふみが九大病院に見舞いに行くと、「能古の萩はもう咲き始めましたか」と、問うたそうである。萩を植えた顚末《てんまつ》を知らぬ妹は、「あら、どうだったかしら。ごした

父の歌碑の側で萩の花が咲き始めた

めんなさい、萩のことは気がつきませんでした」と謝るしか術がなかったようである。しかし、父はなぜ急に萩を植えたくなったのであろうか。一、二本の萩が庭に咲いているのであれば、ボクとしても合点が行く。父のリクエストを聞いたわけではないので、ことの真相は分からぬが、百本は多過ぎである。恐らくは、満開の萩の花に迎えられ、意気揚々と能古の家に帰館したかったに相違ない。

考えてみれば、父は木の花が好きであった。マンサク、コブシ、山桜、スオウ、ヤマボウシ、沈《じん》丁花《ちょうげ》等々と、木に咲く花を好んで植えていた。東京の自宅には、萩も一、二本あったような記憶がある。が、犬が根の周りを掘り散らかし、枯らしてしまった。以前から、父は和歌を真剣に学ぼうとしていた節がある。とくに、万葉集辺りの書物をかなりの数集めていた。そんなことから、ひょっとしたら菅原道真の歌「まどろまず　ねをのみぞなく　萩の花　色めく秋は　すぎにしものを」に触発されたのかも知れぬ。要約するに、まどろみも眠ることもせず、都に戻ることも叶わぬまま、萩は色美しく咲き秋は過ぎてしまった、という意味合いであると思う。多分父は長い闘病生活から脱却して、萩咲く頃に家に帰りたかったのではないか、と推測する。また妹のふみは、大伴旅人の従者である余明軍《よのみょうぐん》の歌に「かくのみに　ありけるものを　萩の花　咲きてありやと問ひし君はも」を詠み、旅人と明軍の関係を自分と父に置き換えて、センチメンタルな気分となっていたのでは……。

能古の家には、残念ながら萩は一本も残っていなかった。そこでボクが移り住むのと同時に「つくづくと　櫨《はじ》の葉朱く　染みゆけど　下照《したて》る妹《いも》の　有りと云はなく」という父の歌を碑に刻み、庭の片隅に櫨の大木の下に据え、併せて萩の苗を植えた。歌の意味は、櫨の葉はすっかり色づいているのに、美しい妻はもう居ないという、ボクの母律子との惜別の思いを歌ったものである。今、ようやく萩の花がほころび、碑の上の櫨も次第に葉を朱く染め始めた。

柚胡椒

梅雨が明けてからというもの、夏を飛ばして一気に秋が来てしまったような気がしてならない。一般的には冷夏というのであろうが、ちっぽけではあるが我が菜園にも影響が出た。夏野菜の生育が、ことごとく悪いのである。この主な原因は、日照時間ではないだろうか。適度な雨が降って、太陽の光が届くと植物達は光合成を行い後世に命を繋ごうと盛んに実を付ける。が、光が足りない上に雨の量が多いと、根腐れや他の病気にもなりやすい。したがって、収穫量も極端に減ってしまった。

そうした中で、じっと耐えて生き延びてくれたのが唐辛子。かつては五十種類ほどの唐辛子を栽培していたが、現在は十種に満たない。というのも、日常の生活の中で食用として利用しているものは極端に少ない。残りの種類は、ただただこんなものを植えていますよ、という自己満足に過ぎなかったからだ。例えば、皆様方がご存知のハバネロ。世界でも最も辛いと言われている超激辛の唐辛子。オリーブ油に漬け込んでパスタなどに用いれば、旨いことは旨い。ただし、食

冷夏に負けず実った柚と唐辛子。鍋料理に活躍する

した後しばらくは口の中が痺れてしまい他の食べものの味に影響してしまう。正直なところ、友人達が訪れて来たときの度胸試しにしか相成らない。

という次第で、実用に適しているものだけを栽培することとなった。その代表が南米でよく栽培されているペルヴィアンという丸みを帯びたもので、辛さもほどほどでオイルに漬け込むとスモーキーな香りがしてパスタによく合う。その他、マレーシアでチリパディと呼ばれているすっきりした辛さのもの。これは、緑のときは香りがよく赤くなると甘みを増すので、双方使い勝手が実によい。鷹の爪によく似ているが、食後の辛さに爽快感がある。他にも、獅子唐やパプリカ等があるが、これは皆様もご存知のはず。他に数種あるが、クマリという南米産のあずき粒大のものがあり、これはドライにしてイタリア料理等に用いると、絶大な旨さを発揮するのだが、残念ながら今年は発芽してくれなかった。

そんなわけで、我が家の食生活に唐辛子は欠かせないのだが、九州には唐辛子を用いた偉大な調味料が存在する。そう、柚胡椒がそれだ。うどんに加えても旨味を増すし、刺身や焼肉にも、はたまたちょっとした料理の隠し味に用いるとその効力を発揮する。が、ここで一つ疑問。なぜ九州では唐辛子を『コショウ』と呼ぶのであろうか。一般的に胡椒と呼ばれているのはブラックやホワイトペッパーであろう。これは、九州では『洋ゴショウ』。ま、どちらでもよいのだが、今年は柚胡椒の材料である柚が初めてたわわに実を成してくれた。長雨の間はじっと耐え、晴天が続き始めるとピンポン球大の大きさに成長。我が家の柚は、小振りの姫柚。

そこで柚の実を収穫し、皮を剝《む》く。同量のチリパディも緑の時期に収穫し刻む。これをフードプロセッサーで粉砕し、これまた同量の麴《こうじ》と合わせすり鉢で練り合わせ、しっとりする程度に柚の絞り汁と酒を少々加える。全体量の八％くらいの塩を混ぜ合わせ瓶に入れ冷暗所で半年ほど寝かせると、柚胡椒の完成。今年は、柚と唐辛子の熟れ時期が一致したから最高のものが出来るだろう。今から、鍋が楽しみだ。

稲架《はさ》

いよいよ、秋が深まって来た。柿の実は色付き始め、木々も次第に色を変え始めたようだ。博多湾に浮かぶ能古島も、確実に秋の気配が深まっている。都会に住んでいる時にはあまり感じなかった自然の変化も、大都会博多の街を目の前に臨みながら、深まり行く秋を肌で感じることが出来る幸せに浸っている。晩年を過ごすという意味合いでは、六十五歳の決断は間違っていなかったものと、改めて自分自身を褒めている次第。

とくに、秋の素晴らしさを感じるのが、住まいのすぐ傍にある田んぼの稲架を望む風景であろう。稲架と申し上げても、恐らく都会育ちの方には理解出来ないかも分からない。米作りを近くで行っている様子を見た方ならば、「あぁー、刈り取った稲を干す棚だね」とすぐに連想されるのであろう。が、昨今は農機具が発達して、稲を植えるのも機械だし田の除草作業も機械。もっと驚くのは、昔は稲刈りを手で行い、ある程度乾燥させたものを脱穀機にかけてモミにしていた。このモミを再び叩《たた》くようにして玄米にして、これを搗《つ》いて白米にしていたわけだ。ところが最近

棚田の向こうに博多の街が広がる。
途中の白い家は我が家

では、稲刈りと同時に脱穀しモミは袋に自動的に入り、残った米藁《わら》は束にして田に残すという凄《すご》さ。収穫したモミも、組合などの乾燥機にかけられ水分を飛ばす。後は必要に応じて再び機械にかけ、玄米に仕上げるという寸法。

　ところが、我が家の裏側一〇〇メートルの所にある田のほとんどの作業は手作業だ。さすがに田植えと稲刈りは手押しの小型耕耘《こううん》機のようなものを使われているが五、六枚ある田を家族三人だけでされていた。しかし残念なことに、稲刈り直前に田を守って居られた八十八歳の老人が急逝されてしまった。となると、遺された田畑は息子さんと対岸の姪浜に嫁がれた娘さんの二人が引き継がねばならない。娘さんは家族があるにしても、息子さんは独身。かなりの面積の田んぼだから、収穫した米は到底食べ切れないそうである。

　かつての能古には、かなりの面積の田があって、山の上から下まで見事な棚田になっていたらしい。が、ご多分に漏れず、若者達は島を離れてしまい、現在は過疎化状態。加えて、労働をして米を作るより、市販の米を買う方がはるかに安易という現実。そのためであろう、美しかった棚田は残念ながら消え去り、残されたのは篠竹《しのだけ》の繁茂する藪《やぶ》。そんな現実を二人の姉弟は危惧し、「つらいけど、景色が悪うなるけん、やれるところまではやりまっしょ」との力強いお言葉。こうして、日本の原風景でもある稲架の景色は保たれた。

我が家の玄関の窓から、北西の方向に美しい稲架の風景が額に入れられた名画のように見ることが出来る。しかも、美しく並んだ稲架の後ろ側に廻ると、稲架の下には我が終の棲家が。さらにハドソン川のような海を隔てて、福岡タワーやヤフオクドームが静かに微笑んでるように眺められる。こうした、時間が止まってしまったような環境の中で暮らせる幸せ感。確かに、すべてのものを自分の手で処理してゆかねばならぬという、体力的な辛さはある。体力の衰えは否めないが、人間としての充実感は半端ではないことをお伝えしておこう。

蒲鉾に挑戦

孫が誕生してからというもの、食品添加物が気になって致し方ない。と申すのは、初孫が生まれて一年目くらいのことだったであろうか、乳歯が数本姿を現し手当たり次第に食べものを口に入れるようになった。そこで爺《じい》さんは、これならば体には悪くないだろうと浅薄に考えてクッキーを与えた。勿論《もちろん》、孫は大喜びをして爺さんの顔を見るにつけニコニコと愛想良く笑う。が、そのあとが大変であった。「この子はアトピーなので、勝手に食べものを与えないで下さい」。普段は温厚な嫁が、その際はかなり厳しい顔つきであった。

その後ゆっくりと話し合ったのだが、時折首の周りに湿疹が出来、現在は何が原因なのか検査中であるとのこと。そう言えば、息子も嫁さんも我が家にある食品のことごとくをシラミを潰すように調べていた。昨今は、食品の容器や袋の裏側に、原料や食品添加物の表示が義務付けられるようになった。その表示を見ながら、孫に食べものを与えているのである。近頃は中国でさえ野菜の残留農薬が問題になり、一般市民が貸し農園で野菜を育てているらしい。また、完全無農薬栽培と謳《うた》った野菜も売られているが、恐ろしく高いものと聞き及んでいる。一般的に流通している野菜の、七、八倍は優にするので、裕福な人達だけがその特権を享受している様子である。という次第で、先の短い爺さん婆《ばあ》さんはあまり気にならないが、これからの日本を背負ってくれるだろう孫達には、辛い思いはさせたくない。そんな願いを込め、爺婆は訪れ来る孫達のために一念発起。我が家庭菜園では絶対に農薬は使わないし、出来る限りは有機栽培で行うことを決意。また、添加物の多く入っている食品は避けて通るよう心掛けたい。よく見る食品添加物の表示には、多くの添加物が表記されている。着色料、凝固剤、合成保存料、そして旨味調味料等々……。

今年も残すところ後わずか、暮れから正月にかけてやって来る孫達には、せめて爺さん婆さんの納得のゆく食べものを食べさせたい。節料理に盛り込むものも、そのほとんどは手作りだから安心。ただ一つだけ、紅白の蒲鉾《かまぼこ》だけは毎年買っている。この蒲鉾が問題、どの商品にもかなりの添加物の表示がある。そこで友人の、昔から無添加を実践している尾道の蒲鉾屋に相談。アバウトではあるが、レシピを教えていただいた。

そこで爺は市場に赴き、レシピの通り白身魚を数種と甲イカを購入。ちなみに購入したトロ箱には真ダイ、白グジ（イシモチ）、イトヨリダイが入っていた。これに小さな甲イカの入った箱を買って、合計五千円。極上の蒲鉾二本分である。家に持ち帰った魚は骨を取り皮を剝く、イカ

手作りした蒲鉾。孫の笑顔が浮かぶ

も内臓を除き皮を剝ぐ。魚とイカの比率は、約四対一。すべてを細かく切り、フードプロセッサーにかけ練る。この時に塩を入れ、グルテンを引き出す。今度はすり鉢に入れ、さらに身を滑らかにし砂糖、酒、味醂《みりん》を少量加える。次に板に盛りつけるのだが、これはかなり困難。何とか形が整ったら、蒸し器で二〇分。蒸し上がったところで、裏返しにして氷水に冷やして一〇分。ついに、蒲鉾の完成。味は唸《うな》るほどに旨いのだが、シコシコとした蒲鉾の歯応えがイマイチ。原因は、魚が新し過ぎたことに加え、すり身を寝かす時間が足りなかったものと後で気付く。正月にはこの課題を克服し、安全で旨い蒲鉾を孫に与えようと張り切っている。

ハッサクオレンジ

昨今のテレビ番組を見るにつけ、世の中の忌まわしい事件ばかりが気になって致し方ない。熟年の夫が次々と死に至ったり、幼い子供の虐待事件が後を絶たない。第二次世界大戦の後、日本は確かに目覚ましい復興を成し得て、世界第二位の経済大国まで駈け昇ったことは周知の事実。が、バブル崩壊と共に日本の経済も国民のモラルさえも腐敗しかかっているような気がしてならない。いや、腐敗と言うよりも熟しすぎた果実のようになってしまった。

政治と教育がその大きな要因なのだろうが、日本という国は美徳をどこに置き忘れてしまったものであろうか……。一旦甘い実をむさぼった人間は、再び酸っぱい果実は口に出来ぬようになってしまうらしい。そんなことばかりが脳裏を掠めて、日々憂いを持て余しているのだが、悪いことばかりではない。

東京から福岡に棲まいを移し、先月で五年目を迎えた。引っ越しと同時に、暮らしの整備を始めたわけだが、家の中のことは女房殿にすべてを任せ、ボクは周辺の構築を受け持った。その際

ようやく実ったハッサク。思い出の味が蘇る

に、数本の果実を植えたのだが五年目にしてようやく実を結び、老夫婦を喜ばせてくれている。その代表が「ハッサク」だろう。ちょうど夏ミカンくらいの大きさだが、肌合いが異なる。皮の凹凸が少なく、どちらかというとすべすべとした風合いだ。実も夏ミカンよりは酸味が少なく、食感はサクサクとしている。しかも、むきやすいのが不器用なボクには嬉しい限り。幼いころからの、大好物である。

ハッサクを初めて味わったのは、小学校に入学してすぐのことであった。旅行から戻った父が、「タロー、これがハッサクオレンジという ものです。大変においしいオレンジです、むいてあげますから座りなさい」。正直なところ、父にミカンなどむいてもらったことはなかったし、オレンジという言葉さえ初めて聞くものであった。炭火を置いて金網を被せた掘り炬燵《ごたつ》に足を入れ父の隣に座ると、「父は広島に行っていました、このハッサクはあちらでいただいたものです。あまりにも旨かったので、タローにも貰《もら》ってきました。重くて、困った困った」などと言いながら嬉しそうにハッサクをむき、四つ割りにした皮の上に並べてくれたことを思い出す。勿論《もちろん》、初めて食べた味はおいしくて忘れないし、父がミカンをむいてくれたことはこの時が最初で最後のことであったから忘れるべくもない。

ハッサクを味わいながら「ハッサクは漢字で書くと、八朔になります。つまり、旧暦の八月の初めに熟れるオレンジなのです。アハハッ、ちょうどタローの誕生日の頃の果物ですねー」。父は愉快そうに笑っていたが、ハッサクはどう考えても年末から年明けにかけての果物だ。加えて、父が殊更にオレンジという言の葉を連発していたのはなぜだったのだろうか。オレンジであることは間違いのないことだが、当時はかなり珍しかったのかも知れない。という次第で、ボクはハッサクによって食育されたことは否定しない。ちょうど正月には孫達もやって来る、そこで一月二日の父の命日には、ハッサクを初取りして仏壇に供え、併せて次世代を担ってくれるであろう孫達に、ハッサクをむきながらの食育をしてみようと思っている。それにしても、初生りのハッサクは美しく育ってくれた。これも、父の執念かも知れない。

クリスマスプレゼント

来年は、この世に生を受け六回目の干支を迎えることになった。自分では若い積もりでいるのだけれども、もう十分に爺さんなのである。ただ、どうしても実年齢というものの自覚がないことには、自分でも呆れ果てている。日頃の暮らしの中に於いて、頭だけは四十代か五十代の感覚で生きている。だからだろう、畑仕事（と言ったって、ほんの僅かな家庭菜園）もトコトンやってしまうのが常。ところが、その翌日が大変な騒ぎとなるのだ。やれ腰が痛いだとか筋肉痛であるとかで、不必要にマッサージへ通わなくてはならない体たらく。

今、最も嫌なことは、あと数年で後期高齢者扱いになることではなかろうか。こんな悲しい言葉を、何で政府は作ったのであろうか。単に、お年寄りか素敵な老人でよいではないか。世の中の厄介者になってしまったような烙印《らくいん》を、政府が堂々と発表していることにはいささか腹立ちを覚えてしまう。とは申すものの、やはり年寄りは年寄りでしかない。例えば、今のシーズンに床暖房と併用して使っているものに、薪ストーブがある。薪になる木材は、家の周りの倒木であるとか、陽当たりが悪くなって伐採したものを引き取りに行きさえすれば手に入る。が、その後が問題だ。四〇〜五〇センチの長さにカットすることは、チェーンソーを用いれば何とかなる。その次の作業の薪割が悩みの種なのだ。盆暮れに訪れてくれる息子夫婦に頼めば、いとも簡単にやってのけてはもらえる。驚いたのは、長男の嫁のパワーだ。細い体なのに、薪割が趣味というだけあって至極手際がよい。嫁に負けるものかと頑張るものの、その翌日がいけない。即、老人特有の症状が出てしまうのだ。

もの凄いパワーの薪割機。嬉しいクリスマスプレゼントだ

　こんな情けない爺さんの姿を見たくないのか、女房殿が素晴らしいクリスマスプレゼントを与えてくれた。エンジンで作動する、油圧式の薪割機である。恐らく、この世に生まれてから初めていただく、超高額のプレゼントではないだろうか。総重量が二五〇キロもある代物だから、二十五日の朝に枕元に届くということではなかったが、何よりの贈りもの。事前に、薪小屋の

脇に薪割機ハウスを作り足して、首を長くしてプレゼントを待っていた。

　薪割機を小屋の中に設置して、早速業者の方の説明を受けながら実践してみたのだが、凄いの一言に尽きる。直径五〇センチを超す木の塊が、ものの五秒足らずで半分に割れ、一本を割り終えるのに一分はかからぬ速さ。さすがにエンジンの音はけたたましいが、もの凄いパワーである。試みにと、女房殿もエンジンの始動から薪を割るところまでやってみたが、ニコニコ顔で目的を達成。恥ずかしながら、側に他人が居るにも拘わらず、手を取り合って喜んでしまった。という次第で、薪割生活が俄然《がぜん》楽しくなってきた。生木をこのモンスターマシンで割って、一年間薪小屋で乾燥させれば、来シーズンは温々とした快適な冬が楽に過ごせるはず。嬉しい、破格なプレゼント。声を大にして、女房殿に心からありがとうを言いたい。これで、ゆったりとした気持ちで、素晴らしい正月が迎えられることだろう。

アラと正月

二〇一五年の正月も無事に明け、ようやくにして平生の生活に戻りつつある。というより、暮れから正月にかけては三人の孫の来襲で嬉しいやら面倒くさいやらで、静かな正月とはいかないものの楽しい佳い正月ではあった。元旦早々、北西の冷たい風が吹き荒《すさ》むのをものともせず、島に唯一ある白鬚神社へと参拝し祝い酒をいただき暫し眠りに就く。

七時前に目覚めたのだが、庭には小雪がちらつき正月らしい雰囲気を醸し出していた。今年から小学校に通い始める孫娘は餅を焼き、女房殿と嫁は重箱に節料理を詰め着々と食卓の準備。ボクと息子はテーブルのセッティングとお屠蘇《とそ》の準備だが、ここ数年は屠蘇散を用いずに超高級な日本酒を屠蘇器に容れ、三段重ねの盃を少し湿らせた新しい布巾で拭う。これで、正月初めの節料理を家族全員で楽しめるわけだ。しかし、五十年前には夫婦二人の質素な正月だったのが、今は総勢九人の賑《にぎ》やかさ。幸い、全員が健康そのものなので、今は亡き父母に感謝しつつ祝杯を上げる。

プリップリのアラ。正月の食卓を賑やかしてくれた

我が家の雑煮は、焼きアゴをベースにした博多風の雑煮。これは、父の時代から続けている伝統料理。雑煮の中に、カツオ菜を加えることも前々からのしきたり。後は、ブリかアラの切り身を焼き上げて加える。福岡や長崎などでは、年末年始には大きなものを味わい、健康と子供達の成長を祈願するのだとか……。父が生きていた頃には、必ずといってよいほど鯨の刺身を食べていたが、昨今は手に入り難いのと恐ろしく高い。加えて、全世界の風潮で、鯨を保護するようになりおいそれとは口にすることは叶わぬ。やはり、地球の生態系を守ることが我々の使命でもあるような気がする。

という次第で、アラを毎年購入するようになり早三十年。昔は安かったような記憶があるが、今はとんでもない高級魚。博多の街の魚屋さんでも、キロ当たり優に一万円は超えている。ボクは例年五島列島の漁師さんにお願いして、大きくても五、六キロの小振りなものを格安料金で譲ってもらっている。とは申すものの、小さいアラでも一尾捌《さば》くのは大仕事。ここ数年は、嫁を女房殿と同じ料理教室に通わせ、魚の下ろし方を習得してもらっている。しかし、アラは特別の魚だから料理教室で用意されることはない。鯛やブリを調理しながら、その技をアラに応用するという狙い……。

さて、明十一日は鏡開き。我が家でも小さいながら鏡餅を玄関と仏壇に供えている。一般的には木槌《きづち》などで砕き、揚げ餅にしたりお汁粉に入れて味わう。正月を賑わせてくれた孫達も帰宅し、今は老夫婦二人だけの暮らしに戻った。正月も休みなく働いてくれた女房殿に、今から小豆を煮ろと言うのは酷な話。幸い冷凍庫には昨年収穫した、『おおまさり』という巨大ピーナッツが茹《ゆ》でた状態で眠っている。これを解凍して砂糖と水を加えて煮込めば、まったりとしたピーナッツ汁粉が簡単に出来る。中国のデザートにも似たものがあるくらいだから、餅を加えたらさぞかしおいしい汁粉が出来るだろう。この汁粉をゆっくりと味わい、我が家の松明けとしよう。それにしても、楽しい正月であった。

蕗の薹

二月三日は、父檀一雄の誕生日である。明治四十五年生まれだから、もし生存なら百三歳。昨今は、百歳を超える方も案外多いようだ。これも医療の発達と、食料環境がかなり充実したからではないだろうか。父の死因は、肺がんであった。こんなことを今更言うのはおかしいが、現在の医療であれば父は絶対に助かっていたと思う。ちょっと体調が悪いと訴えた折に、ＣＴスキャンでもしていれば早期発見が出来たはず……。加えて、治療法や抗がん剤などもかなり進んでいるという。

何だか湿っぽい話となってしまったが、父の誕生日は冬が終わる日、つまり春の節分と思えばよいだろう。節分は、時たま二日になったり四日になったりもするが、あらまし父の誕生日に重なることが多い。子供の頃、父に誕生日のお祝いはやらないのですか、と聞いてみたことがある。

「そんなことは、私には必要ありません。だって今日は日本国中の人が、鬼はー外、福はー内、といってお祝いをしてくれています。さあ、皆で豆を撒きましょう。父はー外、皆《みな》はー家。ワッハッハー」

なんて具合に愉快そうに我々をはぐらかし、数日間の外泊をやってのけるのであった。

先日、父が「柳川こそ我が故郷」と言い続けていた柳川で、檀一雄文学顕彰会が催された。父の没後、毎年二月の第一日曜日に柳川藩主の菩提寺でもある福厳寺に於いて、法要と懇親会が開かれている。檀一雄の文学には柳川が背景となっている文章が五十編以上あるから、山梨で生まれたとしても故郷は間違いなく柳川でしょう。と長きにわたって皆口々に語られていた。有難いことで、今なお三十人近い方々が駆けつけて下さり、父の文章の一節の朗読をはじめ、父の思い出などを熱く語りながら酒を酌み交わすのである。今年は、父の四十回忌という節目でもあり、大いに盛り上がった。

春を告げる蕗の薹

父は自分の誕生日を祝うことをよしとはしなかったが、散歩の途中に蕗《ふき》の薹《とう》をボクが見つけたら大喜び。「これはこれは、嬉しい誕生日のプレゼントになりましたね。今晩は天ぷらにしましょう」と、天ぷらを揚げてくれたことを思い出す。この時までは蕗の薹はどちらかと言えば苦手であったのだが、父が大喜びをしている姿を見て、よし食べようと努力をし、苦手を克服したというより大好物になってしまったのである。

話は変わるが、蕗の薹を料理する前の句であろうか。高浜虚子大先生の娘である星野立子さんが、実に春らしい句を詠っておられる。

皆水に浮きぬ手桶の蕗の薹

ボクもこの二十年ばかり前から、立子先生の孫で現在「玉藻」主宰の高士さんに俳句の手ほどきを受けている。というより、皆でわいわいがやがやとやりながら、月に一回か二カ月に一度、おいしい季節のものを食べながらの句座に参加している。真面目に俳句に取り組むということではなく、仕事仲間との親睦が第一目的。しかし、ボク以外のメンバーは既に師範級。楽しいので、劣等感を抱えつつも参加させていただいているのが現実。数年前、東の苔寺と名の高い鎌倉の妙法寺を訪れた際、立子先生の「美しき苔石段に春惜しむ」という句碑を見つけ、そのすぐ近くに蕗の薹が立っていた。そのことと父を思い出し、恥ずかしながら春の一句。

立子碑に寄り添ふやうに蕗の薹　　太郎

ネギを植える

日本の慣用語に、「暑さ寒さも彼岸まで」という言葉がある。広辞苑を紐解《ひもと》いてみると、春秋の彼岸を境として、寒暑それぞれ衰えて、よい気候となる、と記されている。そう、余寒も残暑も、彼岸辺りには和らいで過ごしやすくなるという日本の季節を表した名言であると思う。この彼岸を目途に春は夏野菜の種、秋の彼岸は冬から春にかけて食す野菜の種を蒔《ま》くのである。

とは言っても、春の彼岸より少し前に種を蒔き、八、九カ月かけて育てて味わう野菜がある。俗にいう白ネギがそれだ。この七年くらいの間、東京でも福岡に移住してからも白ネギを植えているが、いずれもネギは体験農園のオーナーのご好意に甘えて苗を送っていただいていた。ボクらは、ただただ畑で成長を待っているだけである。そこで、今年は大奮起をして、種からネギを育ててみようと企んだ。考えてみたら、昔の農家の方は苗や種を人から貰《もら》うということはしなかったのでは。例えばネギであれば、ネギ坊主が立った後、頃合いを見計らって種を採取し、その種を用いたに相違ない。そうした積み重ねが、独特の品種を生み出し、それを我々が享受しているのだ。有名な苗屋さんなどのカタログを見ても、同じようなネギの写真が並んではいるが、品名はそれぞれ違う。何種類か植えてみて、どの品種が自分の畑に合うものか、こればかりは時をかけて確かめるしか方法はない。

そんなわけで、今年は比較的に福岡の土壌でも育ちやすかった、九条の太ネギの種を二月の後半に蒔いてみた。といったって畑ではない、種まき用のトレイに培養土を入れ、そこにピンセットで摘みながら細かい種を数粒ずつ埋めていく。後はトレイの中を乾かぬよう注意しながら十日ほど待っていると、まつ毛のような薄緑色の芽が出て来て、これが次第に伸びて行く。普通は、ハウスの

今は松葉のように細い芽。バーソー用に育ってくれるだろうか

ように一五度以上に加温した場所でないと発芽しないのだが、冷静に考えてみたら我が家は床暖房を一部使用している。この上であれば、常に一六、一七度に保たれているから、何とか発芽はしてくれるはず。以前露地に直播《じかま》きをしてみたものの、ことごとくが失敗であった。が、床暖房

恐るべし、見事発芽に成功。

自然のサイクルというのはよく出来ている、蒔いた種が芽吹くのと同時に、畑に残っている成長したネギはネギ坊主をつけてその存在を主張し始めた。ネギ坊主が現れると、ネギ自体が固くなる。すべての野菜が花芽を持つと、食べられぬよう固くなって身を守る。これを塔《とう》建《だ》ちというが、ネギには早々に役目を終えていただき、父檀一雄が得意としていたバーソーを作ることにした。用いる材料は、ネギと豚の挽肉、調味料として酒と醬油。好みによっては、ニンニクとショウガを押しつぶしてミジンに切り、炒める際に用いる。

まずフライパンにごま油かラードを入れ熱し、小口切りにした大量のネギを丁寧に炒める。ネギがしっとりしたところでネギと量が同じ程度の挽肉を加え、さらに根気よく混ぜながら、そこに酒と醬油を注ぎ炒めて、煮汁が消えかかったら完成。味の濃さは佃煮をやや甘くした程度。このバーソー、ビールや酒のつまみにはうってつけだし、ご飯に乗せてもキュウリに乗せても最高。ボクは、『檀流クッキング』の中の傑作料理だと思っている。果たして、芽を出し始めた松葉のように細いネギ、無事バーソー用に育ってくれるだろうか。

地の塩

キリスト教の教えに、「地の塩」という言葉がある。世の中の腐敗を防ぐのに貢献している人を、食べものの腐敗を防ぐ作用のある塩に喩えて、地の塩と表現したように解釈している。ともあれ、塩は人間の暮らしを支えていくために欠かすことのできぬ物質である。いやいや人間ばかりではない。自然界の動物達も生き存《なが》えてゆくのには、過酷な大地を何百キロも移動してまで塩を求め体に取り込むそうである。また、長旅ができぬ小動物は、塩分を含んだ草木を本能的に察知し食べて、生き抜いているようだ。

しかし、動物は塩を体に取り込むことによって生命を維持しているけれども、人間は食べものの味付けに塩を用いるようになった。この料理は塩っぱいだとか塩気が足りないだとか、動物の本能以外のところで塩の評価をしてしまっている。加えて、いつの間にか塩というものがブランド化されてしまい、フランスのゲランドの塩だとかヒマラヤの岩塩だとかかなり高価な塩が販売されている。これは、専売公社制度がなくなり日本国内で塩の製造販売が自由化されて以来のこ

海水を汲み上げる風車と見渡す限りの塩田

とである。それまでは、食塩と書かれた科学的に製造された塩化ナトリウムを無理矢理に買わされていたようなものだろう。

自然が生み出す塩は面白いもので、さまざまなミネラル成分が含まれている。言ってしまえば不純物ではあるかも知れないが、その塩気以外のものが我々の味覚を左右するのである。そんなことで、日本では古くから塩梅《あんばい》だとか塩加減などという塩にまつわる言葉が使われている。ボクの嫌いな言葉だが、ケチとかしみったれている人に対して、塩っぱい奴と表現するのはどうかと思う。

ボクが毎日の暮らしの中で常用している塩は、フィリピンの島の塩田で作られた塩で、かなりの他成分が含まれているからなのだろう、甘みというか不思議な甘さを含んだもので、価格も相当に安い。日本国内でも色々なところで塩は作られていて味も探ってみたが、今のところこの塩に対抗できるものは見当たらない。が、タイを旅していて、バンコクから一〇〇キロばかり南西に下がったところに、パ・ラム・ツォンとよぶ広大な塩田地帯があった。五キロばかり離れた海から塩水を呼び込み、まさに田んぼに水を張った状態になっていた。この田に南国の強烈な太陽が照りつけると次第に水分が蒸発し、やがて塩の結晶ができるのであろう。小学生の頃、東京から福岡に向かう車窓に不思議な光景が飛び込んできた。確か赤穂の辺りだったと思うが、父が塩田であることを教えてくれた思い出がある。

　そんな懐かしさに触発され、車を止めてもらい暫し風景を眺めていたら、小型の風車のようなものが目に入ったので確かめてみるとやはり風車であった。風の力を利用して田に塩水を汲《く》み上げそれを干す仕組み。感動のあまり、まだ完成していない塩を舐めてみたら、我が家の塩に近い味。近くにあった露店の売店で値段を聞いたら、安いのが日本円にすると一キロ三百円で大袋がその倍で二キロ。重いのを覚悟して最小単位の一キロを買い、日本に持ち帰ることにした。小分けにして友人達に配る予定だが、さてどんな評価を下されるだろうか。それにしても、懐かしい素晴らしい風景に出会い、タイの印象が新鮮に見えるようになったのも事実。

〃檀々畑〃の短観

日本には、色々な分野での予報、予測、予想がある。代表的なものを挙げれば、天気予報が最たるものであろう。日本列島は長いから、各地によってかなりの天気の差がある。行楽や旅に出かける前には、どなたでも必ずや天気予報をご覧になるだろう。畑仕事の上においても、天気のことが大いに気になる。例えば、畑を耕して畝《うね》を作りいよいよ種を蒔《ま》こうという際には、あー明日小雨が降ってくれればいいな、とか、トマト等が赤く色づいた時などは、あと半日でよいからお日様が顔を出してくれたらいいな、と、真剣に考えてしまう。天気予報でも、長期予報というのがあり、ビール会社の方などは大変気になることではなかろうか。

天気予報の他にも、短観というのがある。詳しくは全国企業短期経済観測調査というらしいが、日銀が年に四回ばかり日本経済の見通しを発表している。国内外の経済に関わる多くの方々が注目され、日本の株式や円相場の動向を探る指針とするらしい。ボクはもとより、株や経済には疎いし興味を持っていないから、短観よりも天候の長期予報の方がより気になる次第。他にも、流

すくすく育ったトマトの苗

行の予想や来期の色はなどという予想、はたまた競馬や競輪の予想もあるし、占いなどをあてにして行動なさる方も居られるようだ。

そんなことで、何となくではあるが一年間の畑の計画を立て、プロには到底追いつけぬものの頑張り抜く覚悟ではいる。確か昨年も同じように、ボクにしてはかなり緻密《ちみつ》な案を練り実行に移した。その甲斐あって、大好きなスイカもカボチャも落花生もすこぶる順調に育ってくれていた。が、好事魔《こうじま》多しの喩え通り、収穫寸前になって憎っくきイノシシに上前をはねられてしまった。その前の年も同じように根こそぎ食べられてしまったので、昨年は畑を動物園の檻《おり》のような状態にして万全を期したはずであった。しかも、カラスにも狙われないように、スイカの上にはネットも張ったのである。ところが、イノシシは一メートルちょっとある鉄柵を軽々と飛び越え、熟れ頃のスイカを食べ尽くしてしまった。その数日後、味をしめたものか二番成りのスイカとふくらみ始めた落花生とサツマイモの畑を荒らしまくっているではないか。おまけに、栗坊と呼んでいる小粒のカボチャも食害に遭った。

まさかイノシシが柵を飛び越えるとは、と悲嘆にくれていたらテレビでもイノシシの被害特集をやっていて、かなりの高さを軽々と飛び越えるイノシシの映像が……。こうなったら、イノシシとの根気比べ。柵の上には網を張り高さが足りないと思うところには、二メートル近い高さの板を塀のように立て付けた。もしこれでもイノシシにやられるようであれば、金属バットを持って畑に泊まり込むしかないだろう。

という次第で、今年の檀家の四月の短観は野菜は概ね順調であろうと予測はしているものの、イノシシやカラスといった想定外の災難ばかりはどうにもならないのが現実。が、こんなことには負けていられない。今年は、ポットに蒔いたトマトの苗が例年を上回るほどに育ち、花が咲いたところで畑に本植えする。品種はイタリアの料理用のサンマルツァーノをはじめ、日本産の定番の苗が四、五種。余った苗は、お裾分けしたい勢い。今期の野菜畑に関しては、かなりの豊作の見込み。ただし、ビワは開花前の冷え込みで例年の半分以下であろう。

能古の三悪

博多という大都会を目の前にしての田舎暮らしは、想像以上に快適であると実感している。世の中の流通システムは、年を重ねるごとに進歩している。コミュニケーションの手段もパソコンを用いれば、世界中の方々と顔を突き合わせながらライブで話ができる時代。七十二歳という年齢を維持するための医療も、家を出て三十分もかからずに、素晴らしい病院への通院が可能。保険料と同じくらいの金額を会費として収めれば、年間を通してのメディカルケアーをしていただける。そんなことから、現在の暮らしの豊かさは、東京に住まっていた頃よりもはるかに上と言い切れる。

ただ、身の程知らずというのだろうか、老いということを計算できずに闇雲《やみくも》に広い畑を維持しようとしている。この行為には多大なエネルギーを必要とするのにも拘《かかわ》らず、体力は日に日に落ちて来ていることを実感。ご近所の方々は と申すと、九十歳の老人が背筋をピンと伸ばし、朝は日の出と共に農作業や草刈りに勤《いそ》しんで居られる。彼等に言わせれば、七十代前半はまだひよっこなのだとか……。我が家にも時折、体力自慢の若者がやって来て、農作業を手伝ってはくれるのだが、要領が摑《つか》めぬからなのだろう、ものの一〇分程度で音を上げる。そんな輩の面倒を見るだけでも、時間と体力を浪費してしまうから勿体ない。

まあ、そんな塩梅《あんばい》で自給自足には程遠い暮らしではあるものの、主立った野菜の八割程度は夫婦二人の手で賄うことができる日々。が、この平和な暮らしの中に、予期せぬ恐怖が出没することがある。東京に暮らしている時には、能古島の別荘（かつては、父の住まいを別荘と呼び、夏休みや春休みに利用していた）にはマムシがいるから怖い、と女房殿はいささか引き気味であった。ところが実際に引っ越して来てみると、時折シマヘビやアオダイショウの姿を見かけるものの、マムシに遭遇したことは一度もない。しかしである、ちょうど梅雨にさしかかる今頃の季節、深夜ベッドで爆睡中目の下辺りに激痛を覚えた。わけも分からず飛び起きて電気を点《つ》けてみると、何とムカデが枕の上を歩いているではないか。

風呂場に現れた10センチ弱のムカデ

あまりの痛さに動転しながらも、スリッパでムカデを叩き潰して虫さされの薬を塗布するが痛みはさらに激しくなるばかり。

と、沈着冷静な女房殿はネットで検索して、ムカデに刺された場合には、耐えうる限りの熱い湯で患部を洗い流し、ステロイド系の軟膏《なんこう》を塗ればよいと調べてくれた。その後、ボクは枯れ葉を掃除していて指先を、女房殿は臀部と足の指を刺された。というか、ムカデは刺すのではなく、咬み付いてそこに毒液をかける厄介な毒虫なのである。その後も、年に最低十匹は家の中にムカデが出没している。今では、ムカデ専用のスプレータイプの殺虫剤を家のあちこちに配備し、出没したら即座に昇天していただくことにしている。また咬まれても慌てずに六〇度程度の湯で洗うことを学習、痛みも最小限に留《とど》めている。

ムカデは、移住生活の想定外のトラブル。イノシシの出現も思いもしなかったし、カラスの大群も然り。ビワが熟れて、収穫しようと思う矢先にカラスの襲来、サツマイモやスイカが実る頃に、イノシシが畑を荒らす。何だか、僅かに残った体力を彼等に捧げているような気がしてならない。カラスにイノシシ、大ムカデ、こいつ等を、能古の三悪と恐れ戦《おのの》いている。

熟成肉

今、島暮らしをしているのだが、小魚は釣りにさえ行けば何とか手に入る。つい先日も、フェリーターミナルの目と鼻の先に糸を垂らし、小鰺《あじ》というか一〇センチ程度の豆鰺を六十尾ほど釣り上げた。これだけあると女房殿と二人では、到底一回の食事では食べ切れない。したがって、家に持ち帰るや否や手でエラと内臓を掃除して二つに分ける。一つはフリーザー用の袋に入れて即冷凍庫へ保存。残りは、軽く小麦粉をまぶして唐揚げにするのだが、二度揚げを施すと頭から尾まで気持ちよく味わえる。揚げたてに塩を軽くふってそのまま食べるのもよし、酢と醬油と味醂を合わせて一煮立ちさせて、玉ねぎ、人参、セロリ、キュウリなどをスライスしてアジと共につけ込み定番の南蛮漬けにする。南蛮漬けは、一食に五尾ずつ食べたとしても三日は楽しめるから有り難い。

そんなことで、釣りをすればキスやメバルなどの小魚だけは調達出来るのだが、肉だけはどうにもならない。そこで、豚肉は東京に住んでいた頃から利用している生協から取り寄せているし、

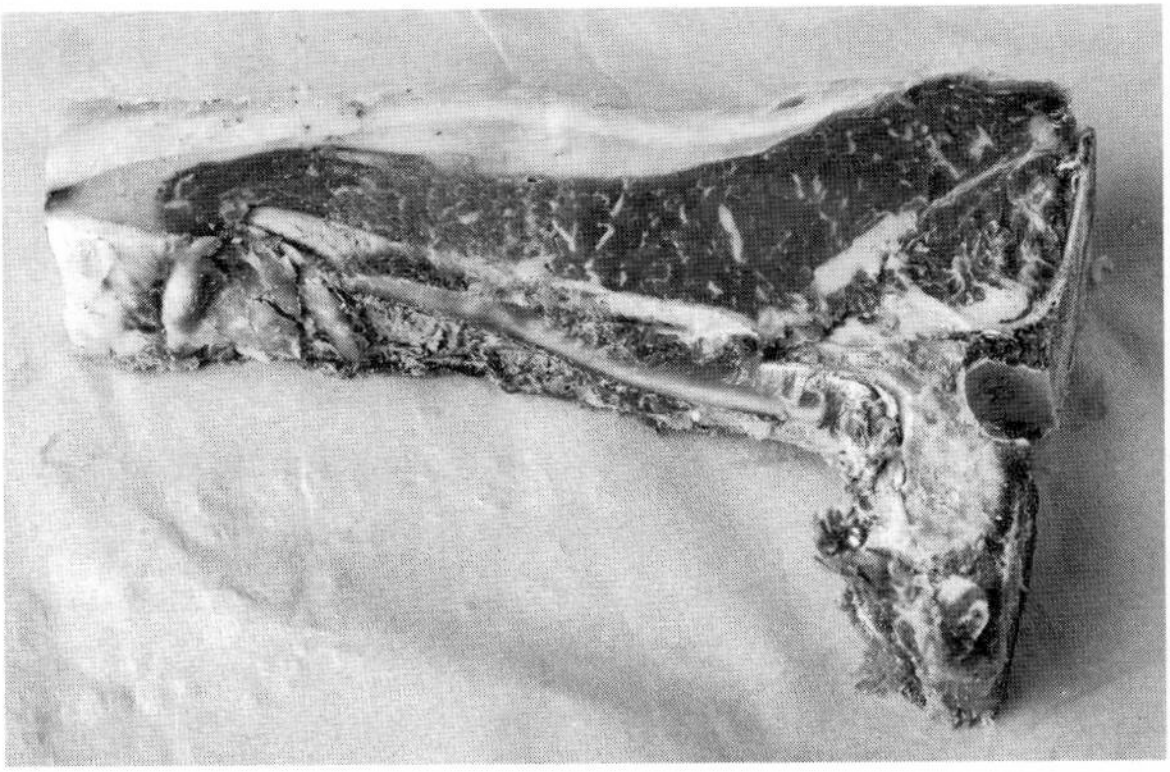

旨味が強くなった熟成肉

牛肉も三十年近くお付き合いしている信州牛の卸問屋さんから冷蔵便で送っていただくのが常。七十年という年を重ねて生きてきたこともあって、若かった頃と比べると肉はそれほど食べたいとは思わなくなったのは事実だが、時折無性に肉のイメージが頭の中を駆け巡る。「あっ、とんかつ食べたいな……」とか「ステーキ肉まだあったっけな……」と、声には出さぬものの独り言を発している状態になる。

もし、街中に暮らしているのであれば、食欲という煩悩がよぎったらすぐにでも深夜営業のスーパーに行けば、ある程度のものにはありつけるだろう。だが、夜の十時を過ぎると目の前に大都会が見えるものの島を抜け出す船がない。そこで活躍するのが、マイナス六〇度の冷凍庫。これだけは、思い切って購入しておいてよかった。家庭用の冷蔵庫のフリーザーと違い、長期の保存も利くし味の劣化が少ない。釣りたてのアジも取り寄せた肉類も、過剰分は即冷凍して保存するのが慣わしとなった。最近は、肉や魚に衝撃波を与え瞬間冷凍する器具が現れ、より新鮮さを保つ特性があるのだが大き過ぎるのと高価なので断念。

肉の保存方法の一つというのか、それともよりおいしく食べる術なのか、昨今ドライエイジングビーフというものが静かなるブームとなっている。弱い風を当てながら乾燥させ、三十日から四十日間肉を寝かせて熟成させるらしい。この荒技が肉の旨味になるところが面白い。過去に二度ほど味わったことがあるが、確かに熟成され旨味も強いし肉が柔らかくなっている。聞くところによると、低温と空気の流通により肉の中の酵素の働きで繊維が徐々に壊され、旨味成分であるアミノ酸やペプチドなどに変化しながら肉そのものも柔らかくなってゆくのだとか。当然、乾燥させると肉が旨くなるのと比例し、目減りするだろうし、大変な手間もかかるわけだ。そんなことで、おいしいけれども高価過ぎるのが難点であった。しかし最近、栃木県の大田原市にホルスタイン種の牡を肥育している前田牧場が、熟成肉をリーズナブルな価格で製造販売していることを聞きつけ、取り寄せてみたら意外にいける。扱っているのは腿肉《ももにく》とサーロイン。味わってみて判ったことだが、肉というよりは既に料理されたものに仕上がっていると表現した方が正しいのかも知れぬ。

エネルギー事情

能古島に古くから住んでいる方が、大量の薪材を軽トラに満載して届けて下さった。長雨も上がり小康状態を保っていたので、早速自慢のチェーンソーで等分の長さに切り始めた。ところが、作業の途中でエンジンの出力が低下。すぐにエンストを起こしてしまうのだ。そこで、チェーンソーを購入した店に問い合わせてみたものの埒《らち》があかない。そんな時、妙な気分が頭の中を過《よぎ》った。もしかしたら、燃料かもしれない。案の定悪い予感は的中。通常は五〇対一の割合でガソリンにオイルを混合するのだが、その日に限ってガソリンだけを給油してしまった。エンジンは悲鳴を上げ、過度な摩擦によるオーバーヒート、とうとう焼き付いてしまったのだ。

チェーンソーの価格は十万ちょっと、扱い方も判らずに見栄を張って高級機種を購入したのだ。己の愚かさと恥ずかしさと悔しさが重なり、完全なパニック状態。オイルショックならぬ、オイルパニックであった。女房殿に慰められ、何とか平静を取り戻したものの、忍び寄るアルツハイマーの恐怖に冷や汗だらり。

一九七〇年代は、世界中が原油価格の暴騰から二度にわたって大混乱に陥った。世界の経済の動向はオイルが支配するようになり、産油国には大富豪が出現。オイルマネーという言葉も誕生し、我々の生活は完全に原油価格に一喜一憂する時代となった。

七〇年代の末期にイラン革命が勃発、第二次オイルショックという猛烈な嵐が再び吹きまくったのだが、この動乱の最中、ＣＭの仕事で王政倒壊直後のイランに入国した。革命直後でもあり、首都テヘランは大混乱。連日アメリカ排斥のデモが行われ、市内には不穏な空気が流れていた。

能古島にあるレトロなガソリン給油機

パーレビー国王が失脚し亡命、そのため王室御用達の最高級キャビアが宙に浮き、極上の生キャビア（軽く塩は施されていた）が一キロ入り三千円くらいで手に入った。我々は持参の日本米を炊き、熱々のご飯にお玉二杯くらいのキャビアを盛り、数日間キャビア丼を飽きるほどに堪能。が、イスラムの戒律強化により、酒類は御法度、コーラを飲みながらのキャビア丼。このトラウマから、今は、どんな上等なキャビアを出されても感動しなくなったのは事実。

ともあれその後、世界の経済は原油価格が支配。加えて、地球に埋蔵されている原油は、二十年後には枯渇すると言われていたが未だに健在。そんなことで、三十数年前から、家で用いるエネルギー源は、可能な限り石油資源には頼らぬようにと考え始めていた。能古島に移住した際は、台所のプロパン以外はオール電化。加えて、太陽光パネルも導入。お陰で、暮らしはシンプルになったものの、送電がストップすると生活に支障が生じる。先年、近くの電線に雷が落ち半日ほど停電、この時は大混乱。電話もネットも不通。

再び考えたことは、小型発電機の導入。しかし、発電機には又してもガソリンが必要不可欠。だが、島のガソリンは仰天するほどに高い。現在リッター百九十円。一時期、国の補助がリッター十五円ほどあったらしいが、それでも市内に比べるとかなり高い。日本一ガソリンが高いという石垣の竹富島に匹敵する価格。離島ゆえ致し方ないものの、車をはじめ草刈り機、薪割、芝刈り、耕耘機《こううんき》等すべてが石油に由来。都会に暮らしていた時には、想像だにしなかった石油動力との係わり。それだけに、安全を考慮しながら、慎重に暮らさねばならぬことを、改めて認識した次第。高い授業料である。

コスモス

ボクが住んでいる能古島は、今コスモスの花盛り。信号がひとつもない島の中を、犬を連れて自転車でのんびりと廻るのが日課になっているが、ここ数日は幾分かひんやりとしてきた。俳句の季語で申せば、まさしく秋冷であろう。そんな秋の爽やかな島のそこかしこに、別名を秋桜と呼ぶコスモスが咲いている。このコスモス、もちろん家の庭先にも咲いているのだが、住人が去り廃屋となった家の周りだとか放置されたままの畑の後に群がるように花を競っている。

コスモスからどうしても連想してしまうのが、山口百恵さんだ。さだまさしさんの作詞作曲による「秋桜」を歌った百恵さんを、改めて凄い歌手なんだなぁ～と再認識した次第。しかし、残念ながらその三年後には結婚をしてあっさりと引退されてしまった。確か百恵さんが引退されたのは、昭和五十五年だったから、早三十五年の月日が経つ。百恵さんの引退後、秋桜の生みの親であるさだまさしさんをはじめとする有名な歌手がこの名曲をカバーされているのだが、どうしても同じ歌とはボクには思えない。これはボクの一方的な思いでしかないのだろうが、秋桜の歌

秋風に揺れるコスモス

は百恵さんでないと駄目なのだ……。

　そんなコスモスが咲き乱れる能古の人口はというと、七百人ちょっとであろうか。小島なのに、年間約十二万から十三万人の観光客が訪れる不思議な島。さすがに寒い時期は島に渡る客は減少するものの、花が咲き出すと観光客が続々とフェリーに乗りやって来る。若いカップルもいるし子供連れの夫婦、そして老人会や俳句の吟行をされる方々。時には、島をジョギングする方や、ミニマラソンの大会もあるようだ。こんなことで、土日や休日のフェリーは乗るのに行列が出来るほど。また、土日の混雑時には海上タクシーも出動、フェリーの料金の倍程度の五百円で島まで渡してくれるからこれを利用する方法もある。

　島民約七百名に対して、膨大な方々が訪れて来られるのだが、そのお目当ては「能古島アイランドパーク」。一九六九年に久保田耕作氏が開園された、個人経営によるガーデンパーク。試行錯誤を重ねられながら、和水仙、菜の花、桜、アジサイ、ヒマワリ、リビングストンデージー、サルビア、マリーゴールド、そしてコスモス等々。いつ訪れても花花花に加え、うさぎやヤギといった子供に人気のある動物が飼育され触れることが可能。園内にはバーベキューを楽しめる場所もある他、十棟程度のコテージも作られている。他にも、少し離れたところにはキャンプ場とマリンスポーツを楽しむビーチがあり、夏場は若者に大人気。仕事に疲れたお父さんが子供を連れ、しばしの間玄界灘を臨みながら、のんびりゆったりとした気分で時を過ごすのには打って付けの場所のようである。もう一つこの公園に素晴らしい特典が存在する。季節季節の花の植え替え時に遭遇すると、自由に摘んで帰れるのだ。幼いお子さんが、自分の顔より大きなひまわりを嬉しそうに抱えていたのは夏の終わりの話。

我が父君は、このアイランドパークが大好きで、生前に何度も訪れていた。父が好きだったのは花もそうだが、どうやら糸島半島辺りに沈む夕日を見に行っていたようだ。恐らく、晩年は自分の体力に自信がなくなり、赤く染まる日没の中に自分の運命を重ねていたのやも知れぬ。父の辞世の句に「モガリ笛いく夜もがらせ花ニ逢はん」という俳句がある。他界する五日前に認めた、いわば絶筆である。その意はともかくとして、没後半年後にアイランドパークのすぐ横に、多くの方々が碑を建てて下さった。この句碑からの夕景は素晴らしく、まさしく父の鎮魂の場である。そんなことで、野に咲く秋桜を摘み父に手向けなければと考えている。

温泉天国

月日の流れるのは実に早いもの、何もしていない間に一年が終わりに近づいてしまった。小さいながらも菜園を持ち、食べられるだけの野菜を日々育てながら暮らしていると、一年が瞬く間に経過してしまう。完全にはリタイアはしていないとは言うものの、現在は飛行機に乗って会社に顔を出すのは週に一度か十日に一度位であろう。その間は、悠々自適とは言い切れないけれど、博多湾の真ん中にある能古島の自宅で日々畑仕事に没頭しているのが我が生活。

暮らしは畑仕事ばかりではない。家の周りの雑草を、草払い機という小さな動力を搭載した機械で刈るのも日々の仕事。引っ越したばかりの頃は、何をしてよいのか皆目見当もつかなかったのであるが、慣れぬ作業も次第に要領を把握し、今では効率よく仕事が捗《はかど》るようになってきた。草刈りがあらまし終わると、庭の芝刈りも仕事の一つ。勿論《もちろん》、この芝刈りも動力付きの機械で行う。初夏から秋の終わりまで芝は伸び続けるから、十日に一度行うとしても約二十回近くは芝刈りをしていることになる。

こんなことが現在の日課であるが、時折島に住む方々から「ダンさん、薪《まき》が要るとやろ。少ししかなかバッテン取りに来んね」と、有り難い声がかかる。こうした場合には、間髪を容れずに山に赴き伐採された木を頂戴する。薪材をいただくことが、周辺の片付けのお手伝いをすることになるからだ。薪材を家まで運んだらチェーンソーで長さを揃《そろ》え、木が乾かぬうちにハイパワーの薪割機で適宜な太さに割って乾燥させる。これが、翌年の冬の暖房となる。能古は海に囲まれているからだろう、厳寒の最中でも零度を下回ることは滅多にない。しかし、年を重ねると代謝が悪くなり、若い頃の数倍も寒さを感じるようになった。そこで、ストーブに薪をくべ、優しく燃える火を眺めながら冬の寒さを乗り越える。

が、年々肉体労働に限界を感じることが多くなる。年だから、と言ってしまえばそれまでだが、朽ちゆく肉体を何とか再生したい。そんな時に思いつくのが、温泉。四季折々に移ろう風景を楽しみながら、温泉に浸りながらのんびりとするのが理想。いや、年に二回でよいから女房殿の体を休ませるためにも、温泉旅館に泊まって「上げ膳据え膳」の贅沢《ぜいたく》を味わいたいと願う。とは言うものの、犬を飼っているので夫婦二人で温泉旅館に泊まりに行くことが出来ないでいる。勿論、短期間ならば愛犬を預けることは可能であろう。が、今や犬との生活が体に染み着いてしまい、実行に移せないでいる。そんな時、大分・竹田の長湯温泉の『翡翠《かわせみ》の庄』のご主人のご好意で、ウッドデッキに犬を置かれるのであればＯＫという許可をいただいた。そこで早速長湯に出向き、湯に浸りながら蓄積した疲れに、暫しの間サヨウナラ。

命の洗濯という表現があるが、まさに温泉はそれ。福岡からちょっと車で走ると、名湯と言われている温泉地が多々あるが、長湯温泉の名前は知っていたものの、泉質までは分からなかった。訪れてみると、素晴らしい温泉の一言に尽きた。湯量が豊富なことに加え、ちょっと場所が離れただけで泉質が異なる。炭酸泉らしいが、正式には重炭酸土類泉と二酸化炭素泉の二種類らしい。だからだろう、入浴すると皮膚に当たる感じがすこぶる心地よい。また、この湯は飲んでもよいらしく至る所にヒシャクが置いてあり、多くの方が飲まれていた。何より驚いたのが、湯量の豊かさ。温泉街のそこかしこに、掛け流しの余り湯が流れていた。やはり日本は、温泉天国なのである。

長湯温泉のそこかしこにある源泉

零余子によせて

零余子と書いてみたものの、果たして読めるものであろうか。正解は、ムカゴである。ムカゴとは、自然薯《じねんじょ》つまりヤマノイモの葉の付け根にくっついている豆のような形をした芋である。これを、珠芽《しゅが》と言うそうだ。この珠芽が地面に落ち、翌年の春に大地に根付いて成長し、然る後に根の部分が数年かけて太り、トロロ芋となり麦飯と共に我々に滋養を与えてくれるありがたい山の幸である。

野生のトロロ芋の蔓《つる》には、ムカゴのほか、三枚羽根のプロペラのようなものが沢山ついている。子供の頃に、その三つに分かれた羽のようなものを取っては唾を付け、鼻梁の上に貼り付けて遊んだことがある。このプロペラ状のものは、種だったことを大人になって知る。晩秋になり強い風が吹くと、プロペラが風を受けてヒラヒラと舞いながら種を散らすのだ。乾いたプロペラの中には種が数粒入っており、この種が地に落ち条件さえ合えば発芽し、数年後に自然薯となる。自然薯は、計り知れぬほど強い生命力を持つ植物だから、昔から人々に珍重された食べものであっ

とても旨い山の幸ムカゴ

たに違いない。

最近では自然薯と称して、栽培もののトロロ芋というかヤマノイモが売られていて、余程こだわりを持たない限りこれでも十分にトロロ汁は楽しめる。だが天然ものの味は、やはり違う。かつて数回自然薯掘りに挑戦したことがあるが、最初は十二、三歳の頃ではなかっただろうか。練馬の自宅の近くの林の中に入り、目星を付けておいた蔓の根の周りをスコップで傷をつけぬように掘り進む。土は比較的柔らかだったものの、林の中だから多くの木の根が入り組み、芋の姿に合わせて垂直に掘るのは至難の業であった。四、五時間を費やして無事に掘り上げた芋の長さはボクの背丈近くあり、それはそれは美しかった。そのまま持つと折れてしまうので、篠竹や真っすぐな木の枝を調達して添え木とし、芋の蔓を巻き付けて固定し家に持ち帰った。これ等の作業、もちろんボク一人で出来たわけではない。小鮒釣りを教えてくれた、近所の豆腐屋のお兄さんの指導がなければ出来なかった話。

自然薯を家に持ち帰ると、普段は気難しい顔の父が驚喜し、その夜は家族そろってのトロロ汁。ムカゴの存在は、その直後に知った。父と散歩をしていて自然薯の蔓を見つけた父は「タロー、これはムカゴです。ほら、山芋の蔓にたくさん付いている実ですよ。少し取って帰りますから、あなたも手伝いなさい」と、無心にムカゴを取っている。言われるままにボクも摘み始め、結局二人合わせてボクの帽子に溢《あふ》れるほどの収穫であった。この一部を焙烙《ほうろく》で炒り、塩を軽く振りかけて煎り豆のようにして味わい、残りは、飯炊き釜に米と共に加えて炊き上げた。これが、ムカゴご飯。ムカゴ独特の香りが口の中に充満し、甘さと共に広がってゆく。素朴だが、実に旨い炊き込みご飯。また、ムカゴ飯の上にトロロ汁をかけて食べても相当に旨い。煎ったり唐揚げにしたムカゴは、ビールや酒のつまみにすると中々のもの。

古代より、トロロは滋養食として珍重されて来た。これには科学的な裏付けがある、トロロのネバネバの成分ムチンとか、酵素の一種アミラーゼ、アルギニン等々が多々含まれている天然の栄養食。我が家の周りで採集したムカゴが、父の屈託のない笑顔に見えて来たのは愉快である。

ズワイガニ

先週、ちょっとした驚きがあった。ボクが住んでいる能古島に、漁師さんが細々と開いている魚の直売場があり、芝エビを購入した。能古周辺で漁《と》れた地物の魚を対岸の姪浜《めいのはま》市場に出されているのだが、トロ箱には満たない魚や入札もれの魚を島で売っている。

言ってみれば中途半端な品物だから、もちろん破格の値段である。が、漁師のいる島に住まいながら、魚が手に入らぬ欲求不満は完全ではないにしても解消されるからありがたい。そうした魚の中に、芝エビがパックに詰められ三百円で売られていたので購入。早朝に漁を行い、すぐに陸揚げされたものだから、パックの中でエビはピンピンと跳ねている。

と、その中に、ボクの人差《ひとさ》し指の爪先ほどの小さなカニが入っていた。カニが入っていることは大して珍しいことではなく、アサリの殻の中にも小魚のパックの中にも時折ワタリガニの稚体が混じっていることがある。

生きていればすぐ近くの海に放したりしているけれど、今回のカニはいささか姿かたちが変わっている。栗を小さくしたような感じで頭の方が小さく尻が大きい。そう、十一月過ぎに解禁となる、ズワイガニの子供と考えて間違いないようだ。

何だか急に嬉《うれ》しくなり、早速ネットにてズワイガニの生息域を調べてみたら、山口以北の日本海側に棲んでいるとのこと。山口の萩市辺りまでだったら、一〇〇キロ以上は優にあるだろう。山口以北だから、島根県くらいが南限なのであろうか。山口県ではズワイガニの話は聞かないが、島根県にはカニが揚《あが》るということは耳にしたことはある。

また、対馬海峡周辺にもズワイガニはいるらしい。ただ、玄界灘でズワイガニが漁《と》れたという話は聞いたことがない。しかも、博多湾の中であるから、テレビのニュースで流れたっておかしくはない出来事。だが、どうして能古の近くにズワイガニの子供がいたのだろうか。調べてみると、ズワイガニはかなり深い海に生息している。二〇〇メートルから一〇〇〇メートルの海底に蟹籠を下し、そこに入って来るカニを我々《われわれ》は味わっているのである。

博多湾は大変に浅いと聞いている。深くても四〇～五〇メートルではないだろうか。考えられるのは、カニの子供が孵化《ふか》をしてプランクトンとなる。そのプランクトンが海流に乗り、博多湾まで運ばれて来たのかもしれない。

しかし、一匹（カニは一杯と言うが……）だけやって来たとはどうしても考えられない。ひょっとしたら、玄界灘の小呂島とか海の正倉院と言われている沖の島辺りにズワイガニが生息して

美味なる越前ガニ

いるのかも……。
そんなことで盛り上がっている最中に、福井の友人から本物のズワイガニが送られて来た。立派なカニで、福井辺りでは越前ガニと呼び値段も高い高級品。福井のほか兵庫や、鳥取の海でもズワイガニは水揚げされる。兵庫では松葉ガニと称され、超高級品。
一番蟹と呼ばれている姿かたちのよいものは、一杯が三万円以上はするらしい。他にもベニと少し蔑《さげす》まれている赤い色をしたベニズワイガニも、最近では値が高騰し、高いものは一万円以上するから驚いた。
美味なる越前ガニを食《は》みながら、食卓の上に載せた稚ガニを眺め、能古周辺でこのカニが育ってくれればなぁ、と、暫《しば》し夢想に耽《ふけ》っていた。

ショウガ大豊作

いよいよ二〇一五年も後わずかになったところで、嬉しいニュースをお伝えしよう。何と、今シーズンのショウガは大豊作。畑の面積は、七〇センチの幅で畝の長さは約五メートル程度。沖縄産の親ショウガ、種屋さんからネットで購入した大ショウガと小ショウガの三種を、三つの区画に均等に植えていた。その小さな畑から、一五キロ以上のショウガが収穫できたのである。

ショウガは、大体同じ面積にほぼ同じように植えている。しかし、作り方が稚拙だったのだろうか、それとも気候が悪かったのだろうか。昨年までは晩春に植え込んだ親ショウガの倍程度しか収穫できないでいた。こんなことなら、その都度ショウガを買った方がよいのでは、と半ば投げやりな気持ちになったのも事実。が、そこのところは思い直し、畑を丁寧に小型耕耘機で掘り起こし、粘土質の土を改良すべくバーク堆肥を施し苦土石灰《くどせっかい》も丁寧に混入、参考資料の教えを守りながら忠実に育てたのである。

今年のゴールデンウィーク前に植えたショウガの育ちは、一カ月ばかりは雨が少なかったので順調とは言えない状態。水分を好むショウガだから、畑の土が乾いたのを見計らって、散水もできうる限り小まめに行ったつもり。加えて、梅雨の時期に本当に雨がよい塩梅《あんばい》に降ってくれた。時には激しい雨が降ったものの、畑の周りには簡単に溝を掘り、水はけにも気を配った。この作業が功を奏したのであろう、蟬《せみ》が鳴き始める頃から新ショウガを少しずつ間引きするように抜いて味わうこともできた。掘ったショウガを熱湯に潜らせた後に、梅干を作る際にできた梅酢にサッと浸して「はじかみ」に仕立てたり、鮨の横についてくるガリを作っては楽しんでいた。数年前までは、たとえショウガが順調に育っていても、成長の途中で抜いて味わうことなどできないでいたのである。

家庭菜園のよいところは、作物を育てている最中でも、好きな時に間引きを施したり若くてもおいしそうであれば、大いに食べてよいのである。タマネギも、若いうちに思い切って引き抜きサッと炒めて味わったり、薄くスライスしてサラダに加えたりすると大変においしい。正直なところ、ボクは作物をあまりにも完全に育てようとしていて、育つ過程での異なる味わいを楽しむ余裕がなかったと申してよい。作物が完全に育ってくれたとしても、収穫した後に夫婦二人ではすべてを消費することは難しい。結局はタマネギに芽が出てしまったり腐ったり。ショウガでも、長期の保存が難しいから、とどの詰まりは無駄にしてしまう羽目となるのが常であるだろう。

という次第で、生育途中で消費したにも拘《かか》わらず、畑にはかなりの数のショウガが残り、葉が

多量に収穫できたショウガ

黄ばみ始めたので思い切って全部を収穫。

今年は例年にない暖冬の気配なので、十二月に入っても暖かい日が続いた。通常であれば、十一月の大相撲九州場所辺りになると寒波が到来し、畑や家の周りの木々は紅葉とまではゆかないが、黄ばみ始めるだろう。暖地と寒地では、当然のことではあるが気候の差が生じる。それでも今の言葉で表現するならばほぼほぼハロウィンの頃が収穫期である。つまり、十月の三十一日はハロウィン。このあたりで穫り入れをするのが一般的。この意味合いを、仮装した日本の若者達はどれだけ理解してくれているのであろうか、単にコスプレだけのお祭りではないことを……。

それにしても、大量の収穫。薄くスライスして天日に晒《さら》した干しショウガにしても、マイナス六〇度の冷凍庫で保存しても到底消費できる量ではない。そこで、女房殿は友人達にメールで連絡を取り、ショウガの消費を手伝って下さいとお願いするものの、先方は五〇〇～六〇〇グラムくらいだったらもらってもよいとの返事。それも、蜂蜜に漬けて保存するから、そんなにあっても困りますとのこと。筵《むしろ》を福岡の天神辺りに広げて直売しましょうか、とは女房殿の冗談。

そんなことで、今シーズンのショウガに関しては嬉しい悲鳴を上げているが、果たして来期はどうなるものやら。それにしても、二十年後には都市に人口が偏り、過疎の地域がどんどん多くなるとか。その現実を、農水省のお役人さん方にもう一度勉強していただき、真の意味の農業政策を再検討してほしいと願う。大変なことではあるが、作物を育てることはクリエイティブな作業で面白い。ごく少数の若者達は、そうしたことを理解し始めたようだが……。

竹の生命力

松も無事に明け、おだやかな正月は終わった。昨年（二〇一五年）は、四月に母（育ての親、妹・ふみの母）が九十三歳で他界。十二月には、父がこよなく愛していた叔母が九十八歳で大往生。世間的に考えると、我が家は喪中になるのであろう。本来ならば、年末にきちんと挨拶状を認めて友人知人にお報せするのが常識。だが、普段何もしないボクがそんなことをすると大変、香典が届いたり箱詰めのお香が送られて来ることになる。不必要なご心配はおかけしたくないし、こちらも穏やかに新年を迎えたかった。が、年始の挨拶に来られると申し訳ないので、そうした方々だけには電話とメールでお報せをして置いた。

そんなことで、今年の正月は我等夫婦と二人の息子の家族だけで静かに過ごした。元日明けの二日は、父の四十回目の命日。眠りから覚めると位牌に手を合わせ、家族の安泰を報告して終了。父母に挨拶した後には、こうした正月もありかな、と、安堵《あんど》感を覚えたのも事実。年の暮れに、玄関の松飾りをどうしようか迷ったが、父の誕生日だけは賑々《にぎにぎ》しく祝おうと例年通り飾ることにした。今年は申年、ボクも女房殿も同い年の羊だから七十三歳。叔母の九十八歳には及ばぬものの、父の六十三歳よりは十年も長生きをしてしまった。この先、周りには迷惑をかけたくないという思いから、身の回りのことだけは自分の力で行うことを決意。そのためにも、大いに歩こうと愛犬を連れ五、六キロ早足で歩くことを実践している。

島の中を歩いていると、色々な植物が目に入るが、とりわけ目を引いたのが松の若木である。ボクが住んでいる能古島にはかつて、径が一メートル近くある松の木が相当数あったと聞いている。太い松は梁《はり》などに用いる建材に好都合であったらしいが、松食い虫にやられてしまい全滅。それでも種が生きていたのだろう、かなりの若木が自生し始めたのは嬉しい限り。この松を凌《りょう》駕《が》し、島を覆い始めたのが竹。晩春に筍《たけのこ》として我々に至福の味を届けてくれる孟宗竹も、はびこり始めると竹林に足を踏み入れるのも難しい。真竹の勢いも凄まじい、昔は漁師さん達が魚を入れるカゴを作る目的で住居の周りに植えていたようだが、真竹も放置された状態になり繁茂し続けている。ボクに竹細工の技術があれば、日常に用いる笊《ざる》ぐらい作りたいのだが叶わぬこと。したがって竹製品は大分の名人に作っていただき、それを愛用している。昨年は立派なカゴが届いたので、このカゴで真竹の筍を摘みに行く予定。

他にも、篠竹《しのだけ》や釣り竿になるという布袋竹や淡竹《はちく》が蔓延《はびこ》っている。破竹の勢いというのは、どんな竹でも切れ目を入れると勢いよく裂け、止めることが難しいことから引用した言葉だそうで淡竹とは関係ないそうだ。しかし島全体は、数年後には竹達に覆われてしまうのではなかろうか。現在、島には、タブ、シイ、ヤマモモ、クスといった照葉樹に加え、ナラ、クヌギ、ハゼ等の落葉樹がバランスよく生えていて美しい。だがそんな素晴らしい原生林にも、竹という魔の手が伸び始めているのが現実。以前、区の方にイノシシ退治の話と共に相談したものの、ほとんどが個人所有の土地であるから手の出しようがないとの回答。竹を粉砕機でチップにすると、よい肥料になるのだが……。

最近、家の周りにも、少しずつではあるが篠竹が姿を現した。草払い機で刈り込んだり、隣の地主さんに許可を貰《もら》い竹を切ってはいるが、竹の生命力というのか、勢いは旺盛である。植木屋さんを雇い、一度はきれいにしてもらったが、数カ月すると笹の葉のようなものが生え、さらに放っておくと篠竹の林に再生してしまうから始末に負えない。要は、雑草を刈るのと同時に小まめに手を入れるしか術はない。体力がある間は竹と闘う覚悟で、自己流ではあるが筋トレをし始めた。

名人作の竹カゴ。
実用品というより伝統工芸では……

それにしても、今期の冬は暖かい。雑草も枯れることなく緑を保っているし、梅の蕾《つぼみ》も弾けんばかりに膨らんで来た。東京の家では、十数本あった松の大木の落ち葉で悩まされ続けた因縁で、新たに松の木を植える気持ちはない。が、新春に松竹梅はつきもの。複雑な気持ちで、庭の周囲を眺めている。

南南東の眺望

つい最近、我が家を訪れた友人が興味深い話をしてくれた。福岡市には約百五十三万人の方が暮らしていて、行政区は七区あるという。このあたりの話は、ボクもある程度は知っていたのだが、この七区の中で海を臨みながら南向きの斜面に建っている、家とか集合住宅は稀有であるとか。「だから、ダンさんの家はフェリーに乗らねばならぬという不便さはあるにしても、福岡市内の中では数えるくらいしかない一等地なんですよ、羨《うらや》ましい限りです」と、言う。能古島に居を構えて素晴らしく眺望の佳い土地であることは、日々の暮らしの中で実感、亡き父に感謝し続けている。が、かれこれ六年間の営みを続けて来た中で、そんなことは一度たりとも意識したことはなかったのも事実。

確かに、友人から言われてみて思い浮かべてみると、我が家の南の方角には海越しに脊振山が横たわっており、その続きには油山。また、福岡空港の奥にもかなり高い山が連なり、東の玄界灘に近いところには立花山が見渡せる。そう考えてみると、福岡市は志賀島辺りを扇の要として

自宅から見る博多に昇る朝陽

扇子を広げたような形の中に、博多湾を抱えて形成されている。しかも、博多を囲む山々は玄界灘に向かっているから、どちらかというと北向きの斜面が多いことになる。過去に数回、脊振山や立花山に登ったことがあるが、玄界灘を望む眺望は息をのむほどに美しい。立花山からの夕景は素晴らしく、夕日が西の海に沈むと博多の街の灯りが宝石をちりばめたように輝いていた。

しかし、朝陽を望む景観はどうなのであろうか。友人に聞いた話では「高層マンションからだったら少しは見えるかも判らないけれど、博多の街は結構立て込んでいますから朝陽を拝むのは……、難しいかも」。そんな現実を考えると、改めて我が家の立地条件の素晴らしさに、うふふっと笑みを浮かべてしまう。

ボクは、もとより占いであるとか方角のことは意に介していなかった。ただ、東京から能古島に移り住む計画を立てた際、誰かが風水のことを切り出した。風水の本家本元である中国の方々や香港やシンガポールに住まわれる華僑の方は、風水を非常に気になさるのだそうである。現在の香港辺りでも、新しいビルを建築する前には、風水師にお伺いを立てた上で設計作業に入るのだとか。また、江戸城を建てた太田道灌も、天下を取った徳川家康にしても風水を重んじて江戸の町を形にしていったという。

確かに昔から家を建てる際には、鬼門という言葉を気にして、この方角には玄関を作ってはいけない、なんてことを大工さんから聞いたことがある。そんなわけで、ある程度のことは気に留めながら家を建てることにしてみようと、女房殿が書店から風水のムック版を購入。そこでまず最初に見て驚いた。家を建てようと計画している場所が、理想的な土地にあるということを知ったのだ。四神相応の土地というらしいのだが、北側に玄武と称する山があり龍脈と書いてある。東には青龍と呼ぶ砂の場所があり、西には白虎という砂を表す土地。また南側には開けた土地があり川や海などの水がある場所で、これを朱雀というようだ。肝心なのは、家を建てる場所なのだが、緩やかな窪地《くぼち》でこれを龍穴と言いこの穴に運気が溜《た》まるそうである。これは聞いた話だが、我が家が建っている場所のすぐ後ろの土地には江戸時代には神社があり、島の方々がよく集まっていたそうである。

そんなことで大いに気をよくして、昔の神社の祖である住吉神社にお願いしてお祓《はら》いをしていただき地を鎮めた後、家を建て始めた経緯がある。さすがに、家の間取りとかは使い勝手がよいように組み立てて行ったが、絶対にやってはいけないことだけは忠実に守ることにして設計した。その甲斐あってか、南側にいや正式には南南東を望む博多の夜景は素晴らしいし、晴れた日に目の前に昇る太陽の神々しい姿には、思わず手を合わせてしまう。太陽が昇る角度は、冬至と夏至では約四五度くらい位置がずれるが、それぞれの季節によって異なるから新鮮だ。残念ながら、海から昇る朝陽は拝むことは出来ないけれども現状で十分過ぎるほどに満足している。今住んでいる家に、もし父が暮らしていたならば、新たに世を騒がせる傑作が生まれたに相違ない。

梅、梅、梅

どうしたものか、今年は梅の花の咲き方がまちまちである。早いものは、二月の初旬にはポツリポツリと花を開き始めたのだが、我が家での一番優秀な梅はようやく三分咲き程度。なぜ優秀かというと、花が美しい上に素晴らしく上等な実を付けてくれるからだ。しかも粒が大きく、杏《あんず》の実と見紛《みまが》うほど。その直径は、五センチくらいは優にあるから、梅干を漬けると非常に見栄えがよい。ただし実が大きい分、種も大きいのが、難点と言えば難点。調べてみると、梅には数え切れぬほどの種類があり、その一つ一つに特徴があるらしい。

中でも有名なのが、和歌山の南高梅《なんこう》。南部にある高等学校で品種改良がなされ、見た目にも紅をさしたような赤みがあり、美しい。勿論、梅干に漬け込んでもおいしいし、焼酎やホワイトリカーで梅酒にすると抜群の出来栄えとなる。南高梅の家元和歌山県立南部高校では、ブランド化された南高梅の梅干や梅を材料に用いたジャムやシロップが大人気であるとか。ただし、梅酒は作っていないらしい。そりゃー、本家本元の南高が梅酒を作ったら飛ぶように売れることは間違いないことであろう。が、作るのは簡単に出来たとしても、高校生が利き酒、いや味見をするわけには行かぬだろうから、梅酒には触れないのであろう。

梅酒と言えば、今かなりのブーム。先日もテレビでその特集を放映していたが、大阪の天満天神梅酒大会には百種類の梅酒が集められ、会費制で飲み放題であったとか。梅酒の作り方は時間はかかるものの、思ったより簡単。摘んだ梅を水洗いした上でよく乾かし、へたを取る。それを広口瓶の中に入れ、梅と同量の氷砂糖を加える。最後に、ホワイトリカーを注ぎ込んで、冷暗所で半年くらい寝かせれば、琥珀《こはく》色の美しい梅酒に変身する。梅酒の保存可能な期間だが、こればかりは保存状況で変わるはず。密閉して雑菌が入らぬようにしておけば、数十年は持つだろう。我が家でも父が漬け込んだ梅酒が、父の没後三十年ばかり経って見つかった。試飲してみたところ、中々の旨さ。さすがに、梅の実は触れると崩れてしまう状態であったが、友人達には大好評であっという間に飲み干されてしまった。

よく、梅に鶯《うぐいす》と言うけれど、鶯は滅多にやって来ない。代わりに、雨さえ降らなければ毎日メジロが訪れてくれる。大きさは鶯よりやや小さいような気もするが、比べたことがないので確かではない。色は鶯によく似ていて、メジロの名の通り目の回りが白い。その白い輪の中にはつぶらな瞳があり、愛らしい目を動かしながら梅の花蕊《かずい》の辺りを啄《ついば》んでいる。推察するに、蜜を吸っているのか花粉を食べているのであろう。花を一つずつ丁寧につつきながら、枝から枝へと飛び移って行く。時には、二、三十羽の大群で賑やかに押しかけ、目白押しという言葉を実践してくれる。細い枝の先にわずかに咲いている花を、押し合い圧《へ》し合いしながら奪い合っている。カメラに収めようと構えてはみるものの、その素早さについて行けず、まだ一枚ものにはしていない。が、よくよく考えてみたら、最近のカメラには動画機能が付いている、動画でメジロを追いながら、一枚だけを切り取ればよいことに気がついたのだが後の祭り。

梅の咲く時期には、蜂などの昆虫は未だ眠りについている。そんなことで、鳥達は梅にとって実を付けるための救世主かも知れぬ。メジロ以外にもヒヨドリや鶯もやって来るが、やはり主役はメジロであろう。そのお陰で、ボク達夫婦も多大な恩恵に浴しているわけだ。我が家の庭と家の周りには、何と二十本以上の梅の木がある。しかし、よくしたもので花は見事だが実が極端に少ない梅の木もある。実際の話、すべての梅の実を消化することは到底出来ない。毎年友人達に声を掛けて、収穫に来ていただくのが慣わし。それでも、半数は土に還している。梅干の他には、ジャムやジュレにして瓶に詰めて友人に配っているものの、その労力は半端ではない。加えて、体力は坂道を下るように落ちて行く。そろそろ、身辺のものを少しずつでも、断捨離せねばならぬものと、清楚に咲く梅の花を眺めながら思いを馳せ始めている。

梅の花を啄むメジロ

手前味噌

日本全国を旅していると、訪れた地方によって味噌汁の味が異なることに気が付くだろう。東京のように、日本の各地から人々が集まって暮らす都市は、味噌汁を味わったとしてもあまり特徴は感じない。ところが、一旦東京を離れて地方に赴くと、旅館や料理屋で出される味噌汁の味が異なることを識《し》る。例えば、九州の鹿児島や熊本では、麦をベースにして味噌を仕立てる。勿論、醗酵を促すための米麹は欠かせない。と同時に、米麹ではなく麦麹を用いた味噌を醸造する味噌蔵も多々ある。麦麹を用いた味噌造りは、九州はもとより四国や中国地方にも広がっている。

一般的に多いのが、米をベースにした米味噌であるが、米を主材料にしていることで独特の甘みを感じるだろう。では、麦味噌の味はというと、案外さらりとしているのが特徴であるが、時としてかなり甘さが引き立つものもある。麦味噌は大麦を原料としているのだが、大麦の皮は固いらしい。そこで精麦機というのを用いて、外皮を取り除き白麦にするそうだ。米を精米する機械を精米機というが、実際の話、機械の構造はどう異なるものなのだろうか？　米糠《ぬか》のように余った粉が生じるが、現在では鶏の餌にしたり豚の飼料などとして消費しているらしい。昔、はったい粉という大麦を煎って粉にしたものをおやつで食べたが、ひょっとすると大麦の外皮だけを食べていたのかも……。

もう一つの味噌の原料が大豆である、この大豆味噌は愛知県や岐阜県辺りで食べられている八丁味噌。色は比較的に濃く、やや塩気が強いような気もするが旨味は抜群。よく、ナメコが入った濃い目の味噌汁が出されるが、これが八丁味噌をベースにした味噌汁。同じように大豆を主材料にした、仙台味噌も有名だが、こちらの味噌はもう少し口当たりが柔らかいかも知れない。

このように、日本全国には様々なタイプの味噌が存在するが、合わせ味噌という米、麦、大豆、それぞれの持ち味をミックスしたものが売られている。これは、テレビ等のマスコミの力で、地方格差が年々なくなってきたからであろうか？　例えば、言葉がそうであるように、多くのものが標準化されつつあるのが現実。かつて修学旅行の列車の中で、青森の方と鹿児島の方が語り合っていて、互いに聞き取れずに筆談を始めたのを目撃したことがある。また、宅配便のような流通が格段に進歩したことも、地域格差をなくした理由の一つ。

今、世界の人々が注目している味噌汁は、和食の中では最も簡単に作れる、インスタントに近い食品であると思う。煮干しで出汁を取り、その中に食べたいと思う具材を入れて、後は味噌を溶き入れるだけで旨い味噌汁が完成する。が、合わせ味噌の中には出汁が入っているものもあり、

我が家定番の味噌

湯の中に具材と共に投入するだけで、そこそこの味噌汁が出来上がる。インスタント味噌汁に至っては、カップの中にフリーズドライを施された味噌玉を入れ熱湯を注ぐだけ。確かに、海外旅行などに携行するのには最高の商品であり、ボクもしばしばご厄介になっている。ただし、我が家の定番の味噌汁の味には、いささか距離感があることは否めないだろう。

我が家の味噌は、女房殿が三日ほどかけて仕込んだ大豆味噌、仕込んでから一年は寝かせている。二十年ほど前に、彼女が文化活動に人数合わせでかり出されたのが発端。この集会で味噌造りの講習会があり、味噌造りキットを購入。これを説明書通りに作り、糠味噌用の甕《かめ》に保存したまま、三年近くその存在を忘れていたようだ。ある日、半地下の食品庫から甕を取り出して来て「多分おいしくはないでしょうから、無理には食べるのよしましょう」と言いながら、味噌汁に仕立ててくれたのだがかなり旨い。三年間も忘れ去られて放置していたから、色は八丁味噌のように黒ずんでいる。しかし、味には深みがあり、味噌としてはかなり上等の出来栄えである。

爾来《じらい》、我が家は味噌は買わず自家製。有機栽培の国産大豆を取り寄せ、一晩水に浸した後に蒸し上げる。米麹とフィリピンの塩田の塩を混ぜ合わせ重石をする。よい大豆と塩と麹のマッチングが、旨い味噌を醸し出すことが判明。前年仕込んだ味噌を使い切ると、新しい味噌を出す。最近は息子達の家族から要求があり、作る量も倍増。だが、皆様方のお口に合うかどうかは判らない。これが、本当の手前味噌だろう。

アザミの花

能古島に七年間住んでいるが、朝の雰囲気が素晴らしく佳い。もちろん季節によって太陽の昇る位置は移行するものの、おおむね博多の市街地のあたりから太陽が昇る。当然のことながら、能古島は離島だから博多の街と我が家の間には、海がある。この海と島の隔たりは近いところで一・五キロくらいのものだから、海というより大河が横たわっているような風情。上海の、旧市街地の河畔にある通称バンドから対岸の急速に発展したビル街を望む風景にも似ているかもしれない。ただし、博多の街は空港が傍にあるために建物の高さ制限がされているので、高いビルが林立している超近代都市を眺められるわけではない。

その代わり、市街地のうしろには標高一〇〇〇メートル前後の山々が連なり、視界の奥に収まっている。そうした風景全体が我が家の借景となり、日々の暮らしの中に安らぎをもたらせてくれるわけだ。だからというわけではないが、我が家の庭には草花は植えていない。あるとすれば、春一番に咲く、野生に戻った水仙の花に加え、梅と桜とざくろに数種類の柑橘《かんきつ》の花くらいのもの

美しいアザミの花

だろうか。草花というより庭木の花が多いのが我が家の特徴、つまり時折枝を払ってやる程度で放置しておけば、四季折々の花が楽しめるというのが現実の姿。

だが、家の周りのかつて田であったという不在地主の土地が、今は荒れ放題になっている。放置しておくとあっという間に篠竹《しのだけ》が繁茂し、素晴らしい視界を遮るし、イノシシの仮の寝床にもなる。そこで島の長老に相談をして、植木屋さんに頼み竹林を伐採した。それでも次から次へと小さな竹の芽が吹くから、これはボクの手で草払い機を用いて刈り込む。こんなことを二、三年続けていたら、小鳥が運んだものか風が運んだのか、キンポウゲ、菜の花、野生の大根の花、コスモス、そしてアザミの花が咲き始め、年を追う毎にその数は増え続けている。その花々の中に、菜園に植えて

アーティチョーク（チョウセンアザミ）

いた香菜（パクチー）の種が飛び、これまた野生化してしまった。

　そんな野生の植物の中で嬉しいのが、アザミである。新芽を摘んで茹《ゆ》でお浸しにしたり天ぷらにすると、素晴らしくおいしい。試したことはないが、柔らかい茎の部分を茹で上げて水でさらし、漬物や油炒めにするとおいしいと田舎料理の本には記してある。しかし、アザミは何と言っても、花が美しい。一面緑の雑草の中に、次々と紫がかった高貴な形をした花を咲かせる。昔、東京の名山である高尾山に登った折、尾根にアザミの花が咲いていたので一輪いただこうと手を伸ばしたら、鋭い棘《とげ》が指に刺さり断念した思い出がある。その後、花屋さんで野生のアザミの花を見つけ、買おうとしたらかなり高価だったので、これまた断念した。
　二、三十坪の場所にアザミが群生していれば、室内に活けようという気持ちはさらさら起こらない。朝日を受けて海を臨みながら優雅に咲き誇っているアザミの姿を眺めるだけで、至福な思いに浸れるからだ。我が家の（正式には他人の土地だが、今は借り受けて温州みかんを植えている）

アザミの花を見た飛驒高山の野菜作りの名人が、「ダンさん、これだけアザミが繁茂しているのだから、アーティチョークを植えるといいですよ。二年後には、高級な地中海料理が楽しめますからね」と、有り難い助言をして下さった。考えてみたら、アーティチョークの和名はチョウセンアザミというアザミ科の植物。日本ではあまり馴染みのない食材だが、ヨーロッパやアメリカでは大きなつぼみを茹で上げ、松笠のような花弁らしきものを手でむしりながら、ガーリックバターのようなものを浸して味わう。花芯の柔らかい部分は、スープにしたりベーコンを巻きつけて炒めたり、とにかく高級な料理の食材であることには違いない。

この高級食材が、我が家で育つことを夢に見て、早速大手の種苗店に苗を注文し植えてみた。今のところ、少しずつ成長はしているようだが、来年にならぬと明確な答えは出ない。最近は毎朝早起きを励行、まずは博多の街の奥に日が昇るのを確認し手を合わせる。それから畑に出て、野菜たちにお早うの声をかけるのが日課になっている。

昼顔

梅雨らしい天気が続いている。小学生の頃は、梅雨入り宣言直後は憂鬱《ゆううつ》な気分になったものだが、今は梅雨が来ないと困ると真剣に思っている。梅雨といえば、思い起こすのが田植え。田植えは日本全国の気候によって、時期はまちまちである。ボクが住んでいる博多湾の離島能古島では、今が最盛期。といったって、島全体に田があるわけではなく、十人足らずの方々が田を起こし、早苗を丁寧に植える姿が目に入る。

現在、能古島の人口は七百人少々、最盛期には二千人以上の方々が暮らし、田も相当の数があり美しい棚田を形成していたという。田植えの季節には蛍が飛び交い、それはそれは見事であったと、島の長老から聞いている。が、今は多くの方が島を離れ、米も苦労して作る必要がなくなってしまっている。こんな現実は、日本全体の大きな問題でもあるようだ。

そんな梅雨の中、我が家の野菜畑の傍《かたわ》らには立葵《たちあおい》が咲き出した。花の色は、赤、白、ピンク、クリーム、黒っぽい赤といった具合に、毎日少しずつ花の数を増やし我等夫婦の目を和ませてくれている。立葵の花の咲き方には特徴があり、梅雨に入るとすぐに地上一メートルくらいの幹から咲き始め、どんどんと背丈を伸ばしながら下から上に順番に咲いて行く。背丈が二メートルを超えた辺りで成長が止まり、花も終わりを告げることになる。と同時に、梅雨が明けると言うから、まさに梅雨の申し子のような花であろう。この立葵は多年草だから、花が終わっても大切に取り扱うと、翌年も株を増やして咲いてくれる。不思議なのは、どうしてなのかは判らないけれど、毎年花の色が微妙に変化しているような気がするのはボクの思い込みだろうか。

ともあれ、日本の夏の花の代表は朝顔ではなかろうか。浴衣の柄にも使われているし、朝顔市も各所で催されている。また夏の風物詩として、多くの方が庭先やベランダに鉢を置かれて、毎日開く花を楽しまれている。

朝顔やつるべ取られてもらひ水

この俳句は、加賀千代女《ちよじよ》のあまりにも有名な句であるが、発句された時は「朝顔に」であったらしいが、後年本人が「や」という切れ字に直されたとか、句のニュアンスは多少異なるがそんなことはどうでもいい。日本人の美徳と夏の暮らしぶりを、見事に謳った名句であるとともに、今の我々にもひと時の涼しさを与えてくれる。

千代女の名句につられたわけではないが、猛暑を少しでも回避しようと企《たくら》み、家を囲むフェン

楚々としたヒルガオの花

スに絡むよう朝顔を植えてみた。が、その夏は納涼感を満喫させてもらったものの、翌年が大変なことになった。咲き終わった後に、花ガラを取らなかったために種が至るところに散乱し、翌年は朝顔につるべどころか庭に植えた木を占拠されてしまう始末。その翌年は、芽吹くと同時に可哀想であったが淘汰《とうた》。四年目にしてようやく、何事もない庭に戻った次第。

今楽しんでいるのは、ヒルガオ。西洋ヒルガオではなく、日本古来の小ぶりで淡いピンク色をした清楚な野草である。雑草として生えているものを適宜に間引きをして、当たり障りのないように放任。最近は昼顔というと、昼間テレビでやっている不倫ドラマの代名詞のようになっているが、何と花言葉は『絆』であるらしい。これは、地下で根が固く絡み合っているからだとか……。他にも『昼の美人』『人妻の情事』などという物騒な花言葉があるが、これはボクが二十代の頃に刺激を受けたフランス映画の「昼顔」に端を発しているのかも知れない。この作品、カトリーヌ・ドヌーブ主演の妖艶《ようえん》な映画であったことを思い出す。

ともあれ、朝顔も昼顔も夜顔もヒルガオ科サツマイモ属の植物だ。ということは、当然サツマ芋も朝顔の仲間。以前我が家のサツマ芋が、朝顔のような花を咲かせているのを発見して感動したことがある。我々が普段巻き寿司などで食べている、カンピョウの原料になるフクベというウリ科の植物も、夕方になると夜顔によく似た白い美しい花を咲かせ、別名をユウガオともいう。源氏物語に書かれている夕顔は、どうやらこちらの方らしい。他にヨルガオというのも、あるから厄介。今は、一年で最も日が長い時節。そんな日長に、一日中愛らしい花を咲かせているヒルガオに感謝しながら、ぼんやりと刻を過ごすのもよいものだ。

ネギとのお付き合い

面白いもので、梅雨が明けた途端にクマゼミがワシワシと鳴き始める。セミが発する早朝の静寂を突き破るような鳴き声は、ボクには起きろ起きろとわめいているようにしか聞こえない。致し方なくベッドを離れて顔を洗い、妻が焼いてくれたパンとコーヒーで朝食を楽しむ。しばらくの間は、新聞に目を通しながら世の中の動きを確認する毎日だが、クマゼミが騒ぎ出すと畑で働けと催促されているようで妙に落ち着かない。

確かに、梅雨明け早々から盆にかけては、畑でやらねばならぬことが山積している。六月に収穫を終えたタマネギ畑は、耕耘機をかけたりスコップで天地返しを行ったり、疲れた畑に活力を与えるように、たっぷりと堆肥を施さねばならない。家庭菜園に関する雑誌などを開くと、連作障害というワードが載っている。同じ植物を続けて耕作していると、病気にかかりやすくなったり肥料の偏りから出来が悪くなる。そんなことで、小さな畑であったとしても、作付け計画図のようなものを作って、毎年畑に植える作物のローテーションを行う必要がある。

成程とは思うものの、だったらプロ達はどうして同じ畑に毎年同じ作物を植えているのだろうか、という疑問も生じる。かつて暮らしていた東京の練馬では、年二回連作をしてキャベツを植えていた。しかも、毎年繰り返すようにキャベツばかり育てているではないか。何か強烈な農薬を用いて対処しているのではと勘ぐってしまう。

だが、実際はそうではなかった。キャベツ農家の方に直接聞いてみたら、トラクターとかユンボという機材を用いて、毎回土を入れ替えているそうだ。そんなわけで、機材を使っての作業に憧れるものの、一種類の野菜に対し一坪足らずの家庭菜園の規模では、無意味であることが分かった。

しかし、タマネギやネギの類は連作障害がないことが判明。基本的には、石灰質のものを施したり堆肥を投入して、少し高い畝を作って水はけを良くしておけば、大きな問題がないことを知り、一安心。問題は、ジリジリと照りつける真夏の太陽であろうか。クマゼミは、朝早くからワシワシと鳴き騒ぐのだが、太陽が真上に昇る昼前にはピタリと鳴き止む。クマゼミの習性のように、朝はなるべく早く畑に出て、しっかりと水分を補給しながら作業をして、昼食にすれば熱中症にもかからないだろう。勿論《もちろん》、夕方までは体を休める。

という次第で、久しぶりの晴れの天気。満を持したかのように、プランターで育てたネギの苗を畑に定植する。考えてみたら、ネギというのは時間と手間が莫大にかかるもの。まずは春の彼

畑に移したネギ。育てるには時間と手間がかかる

岸の後にプランターに種を蒔く。一週間ほど経つと、細い小さな緑が芽吹く。さらに十日ほど置いておくと、細い松葉のような形になってきて、ようやくネギであることが判別できる。しばらくして背丈が一〇センチほどになったらポットに移し替え、また様子を見る。五月の連休あたりになると、ポットの中でおしくらまんじゅうをする状態になってしまうから、少し大きなプランターに移し替えてやる。と、梅雨が明ける頃になると、もうプランターの中も飽和状態。

種蒔きからプランターで育てるまでは妻に任せ、二百本は優に超す苗を彼女から受け取り畑に定植するのは、ボク。十月から十一月になる頃に、ようやく白ネギとなり食べられる。刻んで薬味に用いても旨いし、マグロと一緒にネギマに仕立ててもすこぶるおいしい。冬に入ると、当然のように鍋料理が増えるから大いに重宝する。

とは言うものの、毎年数十本の単位でネギ坊主が立ち固くなる。その前に、大量に料理しておくのが檀家の伝来料理、バーソー。とにかく、山ほどに刻んだネギを大きな中華鍋でしんなりするまで炒め、その中に豚の三枚肉を二度挽きにしたものを加え、さらに味噌状になるまで炒め上げる。火加減は、中火でトロトロと焦げ付かせぬように、よく攪拌《かくはん》するのがコツ。味付けは、醬油と酒だが、好みでミリンか砂糖を少しだけ加えるのもよいだろう。出来上がったバーソーは、ご飯に載せてもいいし、ビールや酒のつまみにも最高。また、冷凍しておけばかなり保存がきくから、有り難い『檀流』の代表的な料理である。

檀家の名物料理「バーソー」

老木

あろうことか、我が家の庭のど真ん中には、樹齢二百年を超すと思われる大木が居座っている。種類はヤマモモと思い込んでいた。が、雄木なのか花は春先に咲くものの、実は一向に付かない。そこで調べてみたら、ヤマモモではなくホルトノキと判明。ホルトノキとは、江戸時代にエレキテルという発電装置を作り出した平賀源内が命名したようである。当時は、オリーブの実がどのような形態か分からず、時折実を付けるホルトノキの実がオリーブの絵に似ていたため、「ポルトガルの木」と言ったものが、いつの間にかホルトノキに転じたという説がある。

ヤマモモの木とホルトノキは、ボクたち素人には判別が出来ないほど酷似している。ただ、ホルトノキは冬になると葉の一部が赤くなり部分的に落葉するので、畑の周りに数本あるヤマモモの木と比べようやく区別ができる程度。それにしても、庭のホルトノキは大きい。幹の根元の太さは、大人が二人でも抱えきれない。計ってみたら、何と二メートル強。

江戸時代の初期、我が家の近辺には白髭神社の社があったという。昔は、能古島の島民達は我が家の脇にある細い側道を登り、鬱蒼《うっそう》と茂る森の中の白髭神社に参拝していたようだ。しかし、十七世紀前半頃になると、神社は港の近くの現在の地に移されたという記述が残っている。おそらくは、急な山道を上らねばならず、お年寄り達が気軽に参拝出来なかったためであろう。ホルトノキは、当時の名残と思われる。

今でも、我が家から二〇〇メートルほど坂道を島の中央に向かって歩くと、坂道は途絶えて深い原生林に突き当たる。第二次世界大戦中、日本は未曽有《みぞう》の食糧難に陥り、島の方々は可能な限り山を切り拓き田を造成したという。幸い島には湧き水がありその水を誘引して、段々畑を作ったようである。したがって神社の跡地も、我が家が建っている場所の木も伐採されて田に様変わりし、かなりの量の米が収穫されたようだ。

我が庭のホルトノキについて、島の方々の話を伺うと、夏場はこの樹の下にゴザを敷いて弁当を食べたり、農作業の手を休め暫《しば》しの休憩を取ったりしたそうだ。終戦直後、この田を潰して先住者が家を構築。ホルトノキがあまりにも立派だったのだろう、切らずに庭木として残した。その家を父が購入し、暮らし始めた。古い家のことは語らなかったが、父は巨木と博多の夜景を自慢していたことを昨日のことのように思い出す。

「どうですタロー、この見事なヤマモモの木は? 夏になったら、隣のユズリハの木にロープをかけて、ハンモックを吊るしましょう。ハンモックに乗って涼みながら、博多の夜景を眺めまし

庭にそびえるホルトノキ

ょう。天下を取った気分になるに違いありません。アッハッハー、愉快ですね」

　確かに、ハンモックも素晴らしいアイデアであったが、ツリーハウスを作り能古を訪れた際には樹上に泊まろうと考えた。

　その後三十五年、主を失った能古の家は空家状態となり、家は台風や地震の影響で廃屋寸前。が、老木は毅《き》然《ぜん》として家を守ってくれていた。葉は鬱蒼と茂り、主人の帰りを心待ちにしていたような気配。その老木の願いを叶えるべく、ボクは能古に移住することを決め、隣の土地を購入し家を建て直すことにした。ホルトノキを眺めながら暮らせるよう、一〇メートルくらいの距離を保ち、新居のどこからも見えるように設計した積もり。

　好事魔多し、能古に暮らし始めて一年ほど経つと、ホルトノキとユズリハの勢いがなくなり、大きな枝が枯れ始めた。慌てて植木屋を呼び、何とか再生してほしいと懇願したものの、ユズリハは枯れてしまいホルトノキは半分の枝が仮死状態。原因追求するためにユズリハの根元を掘ってみたら、新居の基礎を作るために用いたセメントの残滓《ざんし》が大量に露出。聞いてみると、二本の大木の脇でセメントの攪拌《かくはん》をし、余りは埋めたようだ。そこで、ホルトノキの周りの土を入れ替え、枯れかけた太い枝は思い切って剪定《せんてい》。その効果があったものか、老木は徐々に息を吹き返し、新しい枝も少しずつではあるが伸び始めてきた様子。かつてほどの勢いはないものの、枯れる心配はなさそうだ。時折、樹の下で茶を飲みながら、余生を見守ってくれるよう、老木に話しかけている。

ミョウガ

十月の半ばになり、ようやく暦の上での季節を取り戻したような気がする。二〇一六年の夏は何だったのだろうかと、改めて天候不順の異常さ恐ろしさを思い出す。記憶によると、福岡地方の梅雨明け宣言以来、雨が降ったのは僅かに四日。そのうちの二回は芝生の上がかすかに濡れた程度。太陽が照りつけたら、瞬く間に乾燥してしまった。測候所の計測器が一ミリ以上の雨を感知すると、離れた我が家には雨が降らなくても、雨と発表するものらしい。

こうした不平等な雨が二日あり、後の二日は間違いのない雨であった。いや、典型的な夕立であったと申し上げた方が正しいだろう。日没の少し前、南西の方から生暖かい強目の風が吹き始めると、かすかに雷の音が聞こえて来る。そろそろ雨かなぁ……と空を見上げると忽ちにして暗雲が頭上を覆い始めた。瞬間、稲妻が大空を駆け抜け海をめがけて突っこむ。ほぼ同時に、耳をつん裂くような雷鳴がハラワタを揺さぶる。満を持したように激しい雨が三〇分ほど屋根を叩《たた》き始める。

やがて夕立がおさまり秋の静けさが戻ると、虫どもが挙《こぞ》って夜の到来を告げる。翌朝、陽が昇るのと同時に畑に出て、雨の降り具合を観察したが、あれほど激しい雨でも地表から一〇センチ程度しか濡れてはいない。大地は乾ききり、これが旱魃《かんばつ》と表現しても決して間違いではない。普段は逞《たくま》しく蔓延《はびこ》っている雑草も、猛暑の中では生育が止まるのだ。そんなわけで、サトイモとショウガのように常に水分を必要とする植物には、井戸水をポンプで汲み上げて散水。しかしこの井戸もあとしばらくすると、枯れそうな気配。少々の雨では、元には戻らぬのでは……。

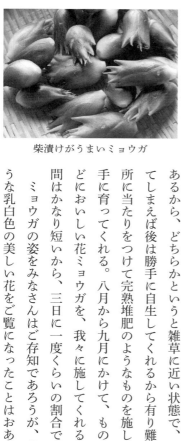

　ショウガの仲間で、まことに近い種がミョウガである。ミョウガの立ち姿とショウガのそれはほとんど見分けがつかないほどよく似ている。ミョウガは、ショウガ科ショウガ属の多年生植物であるから、どちらかというと雑草に近い状態で、一度植えて根付いてしまえば後は勝手に自生してくれるから有り難い。冬、枯れた場所に当たりをつけて完熟堆肥のようなものを施しておくと、後は勝手に育ってくれる。八月から九月にかけて、ものを忘れてしまうほどにおいしい花ミョウガを、我々に施してくれる。ただし、花の期間はかなり短いから、三日に一度くらいの割合で見回る必要がある。

柴漬けがうまいミョウガ

　ミョウガの姿をみなさんはご存知であろうが、蘭の花と見紛《みまが》うような乳白色の美しい花をご覧になったことはおありだろうか。普段我々が食べているものは花穂というらしいのだが、その先っぽに艶やかな花が開くのである。ただし、花の命は恐ろしく早い。朝に美しい花を開いたと思ったら、夕方には完全に萎《しお》れている。もし、花ミョウガを食べようと思ったら、美しい花を咲かせる前に摘み取ると、風味豊かでシャキシャキとした歯応えも素晴らしい。

しかし、このミョウガ、花を咲かせ始めると一気に花を開く。うっかりすると花が終わった後に気づき、スカスカになったものを収穫する羽目になるので要注意。とは申すものの、今年のミョウガは極端に収穫時期が遅かった。普段は九月の半ばには終わってしまうのに、今年に限っては十月の半ばになっても収穫が可能。やはり、雨が降る時期の遅れが大きな原因ではなかろうか。旱魃後に雨台風が続き、大地が確実に湿ったからなのだろう、一斉に花穂の部分が地上に姿を現した。多い時には、一回に三十本近く取れるから、こんな時こそ柴漬《しばづ》けを作る絶好のチャンス。

柴漬けには梅干を漬ける際に用いた、梅を染めるためのシソの葉が不可欠。幸い、今年は土用晴れが続き、シソの葉の状態は上々。ミョウガと同時期に収穫できる新ショウガを、適当な大きさに切り揃《そろ》える。量はミョウガと半々にし、軽く塩と馴染ませる。この状態で穀物酢と合わせて漬け込むのだが、ナスとキュウリの塩漬けを同量用意しこれも合わせる。最後にシソの葉を刻んで一緒に漬け込み、よく混ぜてから軽く押しを施し、数日待てば無添加の美しい彩の柴漬けの完成。新米の熱々ご飯に載せれば、伝統的な和の世界を自分の手で醸し出せるのだ。

柿の実によせて

書斎の窓からの眺めが、ここ数日の間に急に賑《にぎ》やかになってきた。柿の実が、たわわに実っているのである。十日ばかり前、強い風が吹き荒れて柿の葉の大半が飛ばされてしまった。それまで柿の葉は、青々として柿の実を優しく護るように茂っていた。が、気温が下がるのと同時に濃い緑の色は薄れ、葉は徐々に黄色味を帯びて来た。恐らく日照時間や平均気温の関係だと思う、日に日に色が変わってゆくのである。柿の葉の紅葉は実に見事で、むしろもみじより美しいのではないかと感じる。葉に変化が見られると、実の方もかなり黄色味を帯び柿の木らしくなってくる。と同時に、葉は役目を終えて落ちやすくなっているものか、風に当たると一晩でほとんど葉を捨ててしまった。今では、幹に取り残された実が青空の中に無数に点在し、柿の宇宙を作りあげている。

柿の木の根元を見てみると、紅葉しかけた葉が無数に落ちており、これがまた敷物を敷いたように美しい。緑の葉の中に赤やオレンジの色が混ざり、微妙な文様とグラデーションを醸《かも》している。秋の日本料理の手法として、色変わりを始めた柿の葉を料理に添え、皿の世界に秋の風情を盛り込みながら、見た目からも秋が味わえる工夫がされている。このように和食に培われた技は、出汁《だし》文化と共にフレンチの世界にも導入されて、パリのレストランでも和の四季を感じるテイストを披露してくれるようになったから嬉しい。

不思議なのは、柿の実は毎年同じように実を付けるわけではない。今年が大豊作であると、来年は極端に実が少なくなり、その翌年には多く実を宿らせる。もちろん、気候条件に多分に左右されるのだろうが、ボクの印象ではオリンピックが開催された年は、大豊作のイメージがある。だから、大吉の年の翌年は凶で、その翌年は吉でその次が小吉、4年目に再び大吉が訪れて、賑やかな豊作になるものと思い込んでいる。

もう一つ不思議に思うのは、東京に住んでいた頃は、家の周りの柿の木はほとんど甘柿ばかりであった。すべてを試食したわけではないので正確ではないが、渋柿は極端に少なかったと思う。これは、我が家があった練馬区は新興住宅地で、昔は練馬大根の畑と麦畑ばかりであった。そこを整地して家を建てたのだから、庭に渋柿を植える理由がない。ほとんどが、大振りの甘い富有柿だったような気がする。ところが、福岡に転居して周りの柿の木を見てみると、どうしたものかすべて渋柿である。地元の方々に伺ってみると、渋柿の方が渋抜きの処理を施したら甘くなるし、味が良いからとの答え。確かに、アルコールで渋を抜いたり干し柿にすればおいしくはなる。

五輪イヤーの2016年、たくさん実った柿

ただし、その分手間もかかるだろうし、昨今の柿はトコトン改良され、実も大きいし味も格段に向上していると考える。

最近、家の周りが急に騒がしくなってきた。野鳥が群れでやってきて、熟し始めた渋柿を啄《ついば》むからだ。カラスも柿は好物のようで、騒がしいと思ったら数十羽の大群が、早朝からやって来て柿の実を貪っている。どうやら、イノシシも柿は大好きなようで、柿の木の下にはイノシシの足跡がハッキリ残っており、鳥が落とした柿を食べているようだ。

渋柿は食べるばかりが目的ではなく、柿渋を作り染物や日本酒を絞る濾《こ》し布に用いられている。防水効果があることから、昔は雨合羽《あまがっぱ》などに用いかなり重宝したようだ。そう、渋団扇《うちわ》というのがあり、団扇に柿渋を塗ったものをうなぎの蒲焼を焼いたり、焼き鳥を炭火で焼く際に利用する。いや、この渋団扇は現在でも多く使われており、築地の場外市場でも売られている。また、昔の番傘や蛇の目傘にも渋を塗って、紙製の傘を丈夫にするのと同時に防水効果を持たせたようである。

庭先に見える秋の風物詩から端を発したが、今の世の中あまりにも便利になり過ぎ、自然との共生を忘れてしまっているのではなかろうか。衣食住、そのすべてのものに自然は絡んでいる。それを蔑ろにしたり疎かにしてしまうと、いつの日か手痛いしっぺ返しが来るだろう。いやいや、もう現れているのかもしれぬ。

夫婦茶碗

厳しかった冬も峠を越え、日に日に春の温もりを感じられ、雛祭りも目の前。朝晩焚《た》いていたストーブも、夜の数時間だけ薪をくべている。そんな春の日に、「はい、お待たせいたしました」と、妻が茶碗を手渡してくれた。後でわかったのだが、バレンタインデーの朝のことであった。

毎日用いている飯茶碗は、結婚してから五十年間、貰《もら》ったものもあるし購入したものもある。物持ちの良い方ならば大事に使い続け、何十年という年月の間同じ茶碗で食事をされているのでは……。が、ボクは器を粗末に扱い過ぎるのか、今までに十個近くの茶碗に出会い決別もしている。最近のお気に入りは、唐津の隆太窯で購入した中里隆さんの茶碗。巨匠の作品だったので高価ではあったが、手によく馴染む温かみを感じる素晴らしい茶碗であった。

しかし、陶器はいつか壊れるもの、いつの間にかヒビが入り割れる寸前。そんな時妻の晴子は、自分で焼いた小ぶりの茶碗を使い始めた。彼女は四十代になった頃から、自宅に小さな工房を設け、暇を見つけては土いじりをしていた。能古島に移住したのを機会に、庭の片隅に小ぶりな穴窯を作ったらどう、と提案をしたがにべもなく拒絶された。

「今使ってる電気窯でさえ大変なのに……。穴窯は、小さくても大量の薪が必要だし、今の体力では二日も寝ずに火の番はしていられません」と、相手にしてもらえなかった。

世の中で陶芸家と呼ばれている方々は、広大な敷地の中に登り窯と呼ぶ、部屋が複数に分かれた窯を築かれている。大きなものは全長が二〇~三〇メートル近くもあり、窯の中に入れる作品の数も膨大である。作品を窯に詰め終わると、およそ二昼夜火を燃やし続け、目標温度に達すると今度は四、五日かけて窯を冷やす。だから、火を燃やし始めて作品を取り出すまでは、約一週間待たねばならない。挙げ句の果て、思い通りの作品が焼き上がらないと、すべてを壊してしまう作家もいたと聞いている。

我が細君は、そこまでのこだわりは持っていないようだが、亭主のボクでさえおいそれとは作品には触れることは出来ない。釉薬《ゆうやく》やら使用する粘土やら、焼き上がりに納得しないと、人前には出て来ないのである。だったら壊せば良いと思ったのだが、独学で行っているから、気に入らない仕上がりでもデータとして重要であることをつい最近理解した。そんなことで、彼女の作品は、サンドペーパーで表面のザラつきを落とし終わった段階で、初めて世の中にお披露目が叶うのである。

ボクは、彼女が自分のために焼いた粉引《こひき》の飯茶碗は美しいと思った。最初は、孫たちのために焼いたという小振りの茶碗も可愛いと思ったが、その茶碗よりやや大きな白い姿に、一目惚れしたのである。そこで、ボクに少し大きめのものを、と、所望した次第。しかし、待てど暮らせど彼女が忙しいということもあって、中々出来上がっては来ない。催促をしたいのだが、正月を控えたり客の到来で、中々言い出せないでいた。

　ところが、二月に入り三日間ほど東京に行っていて家に電話を入れると、「あっそうだ、初鳴きと言うのかしら、今朝早く窯場にいたら、鶯《うぐいす》がすぐ近くで鳴いていましたよ。春が来たんですねぇ……」。電話ではあったが、嬉しい春の便りが伝わってきた。

生まれて初めてのペアルック

春が立ってから、一週間ほどしての話であった。その数日後、「はい、お待たせしました」のセリフと共に茶碗と湯呑みを手渡され、「どうぞ、お気に召したらお使い下さい」。気にいるも気に入らないもない、注文通りの、手に馴染みやすい、触り心地のよい茶碗と湯呑みであった。茶碗は乳白色、ややくすんだ色の湯呑み。どちらも、典型的な粉引である。早速、飯茶碗を妻のものと並べてみた。と、紛うかたなき夫婦茶碗ではないか。付き合い始めて五十年余、ペアルックなどというお揃いは、二人とも毛嫌いしていた。だが、揃いの茶碗に感動。七十歳を過ぎ、初めて所帯を持ったような心持ちになったのも、事実。

イングリッシュガーデン

世の中には、大殺界だの天中殺といった物騒な言葉が存在する。ボクは占いに関してはまったく信じていないので気にならないが、占いを信じていらっしゃる方々にとってはかなり重い言葉なのだろう。ともあれ、人生の中で何回か経験する、運の悪い日とか間の悪い時期というふうにだけ解釈している。

と、申す我が身に、昨年の九月頃からつい先日までの間、とんでもない災難が押し寄せた。よく言う大殺界だったのかそれとも天中殺だったのか、二回の外科手術を受ける羽目になってしまった。自覚症状はまったくなかったのだが、年に二回行っている定期的検診で、左右の胸に気になる影があるのでＰＥＴ検査を行いましょうということに相成った。その結果、左胸より右胸の方の影が気になりますので手術いたします、という至って冷静な診断。

何と、三日後に入院して翌日手術。結果は、ガンではなく肺結核と判明。それも幼児期に母律子から感染し、病気は静かに潜伏していたらしい。正式な病名は、陳旧性《ちんきゅうせい》結核。思い起こせば、小学校低学年の頃に小児結核の疑いとかで、体育の授業は見学をさせられていたことを思い出す。ガンではなかったものの、結核との診断で病院内は大騒動。もし伝染の可能性がある開放性の結核であれば、結核専門の病院に転院して療養する必要があるとか。結核は、法定伝染病なのである。

幸い、他人には感染しない結核ということで、九カ月間薬を飲み続ける条件で、執行猶予的な自由を与えられ退院。が、三月末の定期検診で、左肺の影が成長している兆しがありますので手術しましょう、と、またもや入院手術の宣告。しかし、メスを入れて組織を検査したのだが、今回は結核ではなくガンとの診断。最近話題の、歌舞伎役者の中村獅童さんとほぼ同じような病状であろうか。術後の説明では、ガンそのものは大変に小さくステージ1でしょうとのこと。

が、左肺のリンパ付近にまたしても、母律子の亡霊が潜んでいた。今回は結核ではなかったが、数カ所に結核の病巣が石灰化して石のように固まっていたとか。勿論切除したのだが、その一つがリンパの近くにある声帯神経に癒着し、手術の際に多少触れた可能性があるとか……。

結果、麻酔が覚めて気がついたら、声が出ないのである。耳鼻咽喉科の診断では、声帯の片側が麻痺して動かないために、息が漏れてしまって声が出ないのだとか。自然治癒もあるが、三カ月待って進展しない場合は、声帯が閉じるようにする手術をするとのこと。ともかく、声を失ったまま失意の帰宅。

二十日間近く放置していた庭の周りは、数日の雨の力と上昇した気温の助けがあったものか、見事なほど伸び放題。ノアザミ、ダイコンの花、キンポウゲ、タンポポ等々と、野の花がこれでもかこれでもかと咲きまくっていた。野の花は、植えた花のような華やかさはないものの、清楚で優しい美しさに溢《あふ》れている。入院中に生花の籠が幾つか届き、目の保養をさせていただいた。

退院祝いのように咲き誇ったナニワノイバラ

が、家に戻ったら、野の花達がイングリッシュガーデン風のお出迎えをしてくれたのである。

中でも驚いたのは、ナニワノイバラの花の見事なこと。現在の家に移住し、細君のたっての希望で三株のナニワノイバラの苗を植えた。三年目あたりから白い清らかな花をポチポチと咲かせ、多いに楽しませてくれてはいるものの棘《とげ》は鋭くて痛い。手入れをする際に、鍋つかみのような分厚い手袋を用いたとしても、指に棘が刺さり手入れが難しい。結局、家の出入り口近くに植えた二本は、かなり大胆にトリミング。それでも、いつの間にか大きく伸び花を咲かせてしまう。もう一本は家の外壁にネットを張り、そこに這わせるように植えてみた。いつの日か、家の土台のコンクリートの壁面を美しく彩ってくれるだろうと期待してである。

この計画が、見事に功を奏した。病院で疲弊し自宅に辿《たど》り着いたボクを、くしゃくしゃの笑顔にしてくれるような素晴らしい歓迎ぶりであった。野の草花やナニワノイバラのように、一年の大半は邪魔者扱いされてしまう植物も、ある瞬間信じられない輝きを見せることがある。それらを巧みに取り込んだ庭が、真のイングリッシュガーデンのように思えてきた。ボク自身も、大輪の花ではなく、キラリとした花を咲かせようと企んでいる。

アマガエルの降臨

我が家の周りは、放置された畑が草むらに転じた跡と、未だに頑固に田を作り続けている土地、田を野菜畑や果樹園にしているところの三パターンがある。一応、果樹園や田として有効利用している土地には金網が張られ、イノシシの侵入を食い止める柵になっている。だから、放置されて草が生えたり篠竹《しのだけ》が繁茂している田の跡は完全にイノシシの縄張り。夜中にご近所の犬が吠《ほ》えた翌朝は、どこかしらイノシシが土を掘り返しミミズを漁った跡がある。

面白いことに気がついた。秋の気配が深まりコオロギや鈴虫、松虫の鳴き声が夜を涼しく感じさせてくれるのだが、イノシシが近づいてくると虫の声がピタリと止まる。庭に出て様子を探っていると、そのうちにブヒブヒという鼻を鳴らす音が聞こえ、生くさーい異臭が漂い愛犬は警戒し吠え始める。また、実り間近の田にイノシシが侵入し、稲穂に触れると米に体臭が染み着き、到底食べられぬ米になるようだ。という次第で、現在は直接人間を傷つける被害はないものの、農作物への被害は甚大。我が菜園でも相当なダメージだから、島全体の農作物の被害はかなりの額になるのでは……。

が、イノシシの存在を除けば、島はいたって平和ではなかろうか。昔は、マムシが横行してかなりの方々が咬《か》まれたらしいが、このマムシはイノシシの大好物らしく、今はほとんど姿を見せない。毒ヘビといえば、話題のヤマカガシも生息しているが、人間の気配を感じると慌てて草叢《くさむら》に逃げ去る。怖いのはマダニだろうが、これも犬の体に一度だけ認めた程度だから、実際の被害はないに等しい。考えてみれば、人間や農作物が柵の中に押し込められる生活は、不愉快極まりない。だが、春から夏にかけては三種類ほどのカエルの鳴き声を楽しむことが出来るし、蝶々もミドリシジミやイシガキチョウの姿を見ることも出来る。榎《えのき》の茂みからは、数匹のタマムシが美しい羽を見せびらかしながら飛び交う、夏は勤勉なクマゼミの声で起床。

嬉しかったのは、野うさぎの存在であろう。イノシシは嫌だけれど、野うさぎであれば大歓迎。畑の野菜を食べたとしても、夜盗虫（ヨトウムシ）ほどの被害はあるまい。野うさぎ専用の野菜を、作ってもよいくらい。他に、都会で暮らしていて味わえなかったことと言えば、やはり秋の夜に奏でられる虫の大合唱。チンチロリンとかスイッチョン、リーンリーン、ガチャガチャ等々、忽《たちま》ちにして子供の時の世界にフィードバック。また、風呂に入っていると、小さなヤモリが壁を這い蚊や蛾を食べてくれる。風呂に入っていて恐ろしいのは、ムカデの存在。ボクも妻も、互いに二度ずつ咬まれたが、あの痛さは思い出してもゾッとする。他に怖いのは、スズメバチ。こ

愛らしいアマガエル

の被害は、妻が一度刺されて悶絶《もんぜつ》。

虫の声に包まれて秋が深まってくると、原生林の方角からフクロウの大きな鳴き声が聞こえてくる。姿は見たことがないが、野鼠や蛇などを捕食してくれるのであろう。十月を迎えると、移住して丸八年。この時期になると、北から鴨の仲間が飛来する。こうした、豊かな自然に触れ合うと、第二の人生を能古で始めて本当に良かったと思う。現在、島はご多分に洩れず老齢化し、過疎現象も起こっている。だが、島外から若者の家族が僅《わず》かではあるが移住し始めている。しかし、市街化調整区域の問題と、島の土地家屋を放置し連絡が取れない方が多く、空き家が年々朽ちてゆくのが現状。

ところで、二十代から三十代にかけて南米大陸を放浪していたのだが、ペルーやコロンビアでは太古よりアマガエルを守り神として崇拝。純金でカエルの姿を作り、ネックレスとして身につけていた。このアマガエル、なぜなのか判らないが、家の周りに数多く棲み着き、時折家の中にも飛び込んでくる。最近判明したのだが、メダカと睡蓮《すいれん》の水槽に数多くのオタマジャクシを発見。

そして先日、メダカに餌を与えようとしたら、水槽の縁に小指の先ほどの愛らしいカエルを見つけた。アマガエルだ。コロンビアで見た、あの金のペンダントに瓜二つ。そんなことで、急に嬉しくなり喜色満面。今後は是非、我が家の守り神になっていただこう。そして、静かに能古の繁栄と余生をカエルとともに過ごそうと願っている。

ニワトリ

最近、我が家の食客が増えた。夫婦二人に加え黒ラブ一頭との暮らしだったが、一気にあと五つ分の口を満たす羽目になった。回りくどい言い方はやめにしよう、何のことはない隣の家の鶏の家族が毎日五羽我が家にやって来るのだ。立派な雄鶏一羽に、雌が四羽。ただし、雌同士の諍《いさか》いがあるのか、一羽の雌は単独でやって来る。ある朝、庭に鶏が迷い込んで来たから、後先のことを考えずに野鳩用の餌を与えたのである。

どうやら、これが間違いの元。その日を境に、毎日のように鶏たちは顔を見せるようになった。そもそも、鶏の語源は、庭の鳥『庭っ鳥』という言葉から始まったらしい。庭の鳥に反して、野生の鳥は『野っ鳥』と呼んでいたとか。何《いず》れにしても、キジ科の野鳥が人間に馴《な》れ、犬や猫と同じ家畜となったのだ。

隣の家と申しても、我が家から直線距離で二〇〇メートルは優にある。最近は、至る所にイノシシ除けの鉄柵が設置されているから、かなり遠回りしなければ我が家にはこれないはず。なぜ、ニワトリ達は我が家を訪れるのだろうか。最近その理由が、判明。五羽の飼い主夫婦が、別居されたという噂。しかも、鶏の世話係の奥様が家出。犬や猫ならば、ペットを連れて家出も可能。だが、鶏を抱えての家出という話は聞いたことがない。

以前に一度、鶏達が我が家に迷い込んで来たことがある。その時は奥様が悲壮な声を挙げ、鶏を呼び寄せておられた。ボクは愛犬をリードに繫《つな》ぎ、ゆっくりと鶏を追い立てる。不思議なもので、犬は自分の役目を忽《たちま》ちに理解し、吠えることなく鶏を追う。鶏は観念したのか、早足で自分の家へと帰っていく。その時、奥様に伺った話では、四羽の雌は毎日のように、勤勉に卵を産むのだとか。有精卵だから、格別においしいと自慢されていた。

この平和な事件の際、鶏を送り返したお礼に卵を四ついただいた。赤みがかった卵で、黄身は濃い色で、箸《はし》で押してもなかなか潰れない上等の卵。この件を境に、妻に鶏を飼おうかと提案すると、即座に拒絶。理由は明快、「鶏を飼うと夜明け前に起きなくてはならないし、卵目当てに蛇が来るから嫌です」。そう言えば昔、早朝に鳴くニワトリ公害事件を、新聞で呼んだことがある。妻は能古に移り住んだ時から、「蛇が来るから、鶏は絶対イヤ」と主張していた。「鶏は三歩歩くと忘れる」の譬《たと》えのように、ボクもそのことをすっかり忘れていたのである。

お隣のお宅に何が起こったのかは、どうでも良い話。が、鶏の世話をされていた奥様がいなくなってしまった後、どうやら餌を貰《もら》っていないようにも思える。毎朝夜明けと同時に、雄鶏の時

我が家で朝食をとる鶏

を告げる鳴き声が庭先に響き渡る。「ハーイ、お早うございまーす」と鳴き、雌達はコッコッコーと明らかに餌を催促している風情。愛犬の排便を庭でさせるついでに、大量に買い置きをした鶏の餌を与え、朝の行事は終了。時間は、ほぼ六時半である。

ここ数カ月、鶏達は朝食を済ませると、満足そうに木陰でまどろんだり、砂っ気の多い乾いた場所で砂浴びをしてリゾート気分に浸っている。が、我が家では、一個たりとも卵を産む気配がない。連中がくつろいでいる場所の辺りに、スチロールの箱の中に、藁《わら》を敷いて卵を産みやすくしてあげているのだが……。

近所でやはり鶏を飼っておられる方に伺うと、明け方に卵を産んでから餌探しに出かけるとのこと。となると、隣の鶏に卵を産ませて味わうなんてうまい話は成立しないわけである。高い餌をただ喰いされた挙句、鶏の写真を写していたら、背後から雄鶏のキック攻撃を浴びる始末。

あとひと月ちょっとで、クリスマス。昨年から顔を見せていなかった孫娘もやって来る。彼女は山の中で暮らしているので、ジビエ料理には臆するところがない。だったら、思い切って一羽に犠牲になってもらおうか。お隣さんのニワトリは、今やほとんど『野っ鳥』の状態である。一羽が消えても問題はなかろう、と、妄想がふつふつと湧き出すが、一体誰が解体をするのであろうか。てなことを考えると、買った方が良いという結論に達する。情けない話だが、我が家ですらこんな有様。伝統ある和食の技術や文化は、どう変ってしまうものであろうか。

救援物資

ここのところ、連日のように野菜の値上げのニュースが流れている。加えて、ガソリン類の高騰。OPECやら非OPEC加盟国などが足並みを揃《そろ》えるように、石油の減産を決めると、その日から石油関連商品がじわじわと値を上げ始めた。さらに、追い討ちをかけるように、異常寒波の襲来。いや、天候の異常は晩秋頃から始まっていた。雨が降らなかったり降り過ぎたり、植物のエネルギーとなる太陽光が届かず、野菜の生育に不可欠な日照が足りなくなったのが、野菜高騰の原因。

この現象は、我が家庭菜園にも如実に影響を与えた。途中までは素晴らしく出来のよかった白菜が、肝心な時期に日光が足りないのと低温障害で、葉を巻かなくなってしまったのである。だから、今期の白菜はボサボサ頭のような出来で、葉も硬い。何とか浅漬けにしようとトライはしてみたものの、葉に水分を含んでおらずパサパサの漬物になってしまう。もし、我が菜園にハウスでもあれば、水は井戸水を与えて多少の暖房も施し、電照菊のように光も与えて上げましょう。と、とんでもないことを思いついたが、我が家のキャベツの単価が二千円は優に超えるだろうから、絶対にやらない。

寒い冬の期間は、露地栽培は確かに難しいし、育つ野菜もスーパーで売られているものと比べると姿形はかなり見劣りがする。だが、見栄えは悪くても、味わいの方は頗《すこぶ》るよろしい。硬かった野菜も、不思議なことに寒に晒《さら》されると驚くほど柔らかくなり、甘みがぐんぐん増してくる。キャベツや白菜、人参や大根のような根物も然り。小松菜やベカ菜などは野鳥が食《は》みに来るから、不織布のようなものを覆い防御しないと一晩で丸坊主になるだろう。この不織布の偉いことはある程度寒さを防御してくれるから、仮にマイナスの温度になっても葉が凍ることは免れる。多少見栄えもよくなるので、野菜担当の妻は二年前から採用し始めた。

孫への愛のこもった救援物資

それにしても、野菜の価格には驚いた。数日前に東京に行き、ちょっと高級なスーパーを覗いてみると、キャベツも白菜も、一個が六百円は優に超えている。だからであろう、半個売りや四分の一カットにされているものがあったが、ロールキャベツなどは絶対に作れないだろうと嘆く。しかし、高い高いと言ってはいるものの、広尾辺りのスーパーには、ないものはないほどの品揃え。恐らく、価格は度外視して日本国中から品物を集めるのだろうが、一部の日本人の暮らし振りは、かなりリッチになっていることを痛感。

先週末、次男坊が孫を連れてジジババの家にやって来た。次男の次男である孫は、来年小学校に入学する幼稚園児。正月休みには来なかったので、久しぶりのジジババ訪問。それにしても、子供の成長の速さには驚く。体が急激に発達するからだろう、食べる量も昨年の夏休みに比べると倍増。しかも、嫌がっていた野菜をバクバクと食べている。人参や大根の煮付けは、バーバこの野菜は甘くておいしいね、なんてことを言い出すものだから、女房殿はメロメロ。

「じゃあ、おいしいお野菜、送って上げますからね。たくさん食べて下さいね」と、女房殿は息子にも聞かせているようであった。ちょうど息子の家族に野菜を送ろうと思っていた矢先に、旭川に住む友人から雪中キャベツが送られて来た。北海道産のキャベツは、半年間雪の中に埋もれているから、その糖度は半端なものではない。かなりの甘さに加え、柔らかさも相当なものだ。この野菜不足の折、キャベツの品薄のニュースをみて、送って下さった有難い救援物資だ。

キャベツが四個送られて来たから、箱はシッカリとしているし大きさも良い。そこで、我が菜園の長ネギと大根、カブと間引きをした小カブ。カリフラワーと春の香りがする蕗の薹（フキノトウ）もあったので、一緒に梱包し今日のゆうパックで送る。

ともあれ、週末には家族揃って、ジジババの愛の籠《こも》った救援物資を食べてもらえるであろう。菜園は手がかかるけれど、子育てに比べたら、楽なもの。そんなことで、もう少しの間、頑張って畑の作物に精を出し、おいしい救援物資作りに励むとしよう。

春の節句

能古島に移住して、あっという間に八年の歳月が流れた。いや、二〇一八年の秋で九年目を迎えることになる。東京の暮らしを清算し、一から福岡で生活を営むことには、正直なところ不安がなかったと言えば嘘になる。あまりにも便利で豊かな生活に慣れ切った熟年夫婦が、果たして新天地に馴染《なじ》んで行けるのだろうか。そうした危惧を、女房殿はかなり抱えていたと思う。

女房殿とボクの二人の暮らしを豊かにしてくれているのは、四季折々の自然の恵みであろうか。東京で暮らしている時にも、かなり恵まれた空間に居を構えていた。窓からは庭の木々の変化も見て取れたし、鳥のさえずりも耳にすることが出来た。都内でも緑豊かな大きな公園の脇に家があったからである。

しかし、うっそうとし過ぎて陽当たりがよくなかったのが、唯一の悩みであった。猫の額のような狭い畑を作るスペースがあり、植物によってはうまく育つ場合もあった。問題は、日照時間であった。朝日と木洩れ陽は当たっても、燦々《さんさん》と照りつける太陽はなかったのだ。だから、女房殿の望みは、朝から晩まで太陽が顔を出していてくれる家であった。ささやかな願いとは言え、人類、いや地球上の生物はすべて太陽の恩恵を賜っていると言ってよい。

新天地は、南向きの斜面。なだらかな丘陵に設けた、棚田の跡地ですこぶる景色が良い。朝陽は天気さえ良ければ、年間を通して博多湾の海を跨《また》いで望める。日没前の夕日は、残念ながら西側の山の斜面に遮られ、沈みゆくところまでは見届けることは出来ない。ただ、愛犬を連れて散歩がてらに一〇分も外を歩くと、糸島半島越しに沈みゆく荘厳な落日が見られる。

能古に移住して、予想だにしなかったことが一つある。それは、生き抜くには体力が不可欠であることを思い知らされた。夫婦で三百坪程度の畑を維持しているが、東京の土と異なり粘土質であった。昔は棚田であったということは、まず土地を平らにしてそこに石を敷き詰める。その上に粘土を被《かぶ》せて、普通の土を盛り込むそうである。この技術は、天草の方々が戦後の米不足の折に能古を訪れて伝授されたとか……。後に、天草の田造りを調べたが、未だ辿《たど》り着いてはいない。

居住一年目、いや入植と申した方がよいかも知れぬが、無我夢中で何も判らず終《じま》い。二年目三年目になって、ようやくことの重大さに気がつき始めたが、体力は容赦無く衰えてゆく。もし定年後に夫婦で田舎暮らしを、なんてお考えの方がいらしたら事前の筋トレと持久力を磨かれることを進言する。加えて、引っ越される地域の信頼できる医療施設の確保が重要。情けないことに、

内裏雛も島で２人暮らし

ボクはこの三年間に四回も入院してしまったが、運良く生き存《なが》らえている。これも、縁あって医療施設との絆が保たれたからである。

と、悲観的なことを申し上げてしまったが、厳しかった冬も徐々に遠ざかり、家の周りには水仙の花を皮切りに梅、桜桃（サクランボ）の花が見事に咲き、可愛らしいメジロの群れがやって来て、花の蜜か花粉を啄《ついば》んでくれている。この働きがあるからこそ、受粉をして実を結んでくれるわけだ。次に咲かんとしているのが桃。本来ならば桃の節句に間に合うはずなのだが、我が家の桃は毎年節句には間に合わない。しかも、花の色が白である。よくよく調べたら、桃の花はいわゆる桃色と白とふた通りあるとか。中には一本の木にピンクと白の花が同時に咲くものもあるらしい。

桃の花はともかく、我が家には娘はいない。ということで、鯉のぼりは立てたけれどお雛様は飾る必要はないものと考えていたが、これは大きな思い違い。女房殿は歴とした女性であり、昔から桃の節句を楽しみにしていたらしい。五十代に差し掛かった頃、女房殿が雑誌の記事で木目込み人形の極めて小さな内裏雛を見つけて購入。数年はその雛飾りを楽しんでいたのだが、愛犬が雛あられと共に人形も食べてしまった。その後、手を尽くして同じものを探してはいるが未だ見つかってはいない。

それほど立派なものではないが、代用の内裏雛を見つけ父の本の前に飾り、毎日微笑ましく見つめている。普通お雛様は、節句が過ぎたら片付けるのが常らしいが、桃の花が咲くのを待ち、一輪の花と共に一晩楽しんでもらおうと、今は静かに見守っている。

三太郎の花

現在、桜前線はどの辺りを北上しているのであろうか。それにしても今年の桜は、観測史上の中でも相当に早い開花であったような。本来ならば四月を迎えて、入学式の辺りに美しい花を咲かせてくれるから有難くめでたい。ピカピカのランドセルとやや大きめの制服をまとい、桜の木をバックに記念撮影が行われる。こうした光景は、日本人のアルバムの中には多く存在するものであろうが、ボクのアルバムの中には残念ながら晴れがましい写真は貼られていない。と申すのも、ボクが小学校に入学したのは昭和二十四年。当時は、まだ敗戦の色も濃く残っており、我が家の近くには頻繁《ひんぱん》に米兵のジープが土埃《つちぼこり》を撒き散らしながら疾走していた。という次第で、当時は入学にしても然程《さほど》浮かれる状況下ではなかったのであろう。

加えて、父檀一雄は、ボクの母である律子を題材としたリツ子ものを執筆中。川端康成氏に大いに認めていただいたのもその頃で、同時に前年入水自殺をした盟友太宰治を題材とした『小説太宰治』の追い込みに没頭していた時期に重なり、息子の入学など考える余裕はなかったのでは、と理解している。が、ボクは父のそんな生き方に、恨みを持ったことはまったくない。不思議なもので、他所様の親子の関係を我が家に当てはめることは、まったくなかったと断言してよい。日常の生活の中で、父は常に不在がちでほとんど家に帰ることがなくても、それが当たり前のことのように思えていたのだった。

また時を経て、日本の暮らし向きが格段に向上し、世間ではマイホームなどという言葉が流行し始めた。ところが、父檀一雄はこのマイホームという言葉が大嫌いなようであった。今推察すると、父自身が両親の離婚により、マイホーム的な暮らしを一切味わうことがなかったから、とも考えた。が、どうやらそうではなさそうだ。勿論《もちろん》、家族に対する愛情は人一倍持っている父であった。その家族には、個々の生き方を尊重し他に迎合することなく生き抜いてほしいと、心底から願っていたのではなかろうか。

だからであろう、家にいる時には子供達を集めて、「お願いですから、あなた達は小市民的な生活を求めないで下さい。父は、何一つ父親らしいことはして上げられませんでした。でも、坂口安吾さんは、よく私にこんなことを言っていました。檀君、世間一般では親がなくても子は育つ、と言っているけれど、親があっても子は育つもんだよねー、と。私も同感です。私はあなた達の父親ですから、私の目の黒い間は、親として出来得る限りのことはして差し上げましょう。しかし、すぐに私の目は白くなってしまうでしょうから、その時はあなた方自身で自分のことは解決して下さいね。アッハッハー、人生愉快ですね」

ボクの産みの母である律子は、昭和二十一年四月四日に糸島半島小田の浜の借家の二階で息を引き取った、二十七歳という若さである。春の嵐の吹き荒れる、早朝のことであった。翌々日の四月六日、近くの田んぼの端にある小さな焼き場で荼毘《だび》に付したのだが、折しも満開の花が風に乗り天上に舞い上がった。同時に、母を焼く煙も澄んだ青空に吸い込まれるように昇って行った。

咲き誇る三太郎の花

桜の花の話と父母の話、どうにもこの時季を迎えるとメランコリックになってしまうのがボクの常。父は昭和五十一年一月二日に他界したが、死の五日前に詠った辞世の句が、

モガリ笛いく夜もがらせ花ニ逢はん

ということで、父の死と母の死とが花でリンクしてしまうのだ。まさに、「親孝行したい時に親はなし」と嘆いているのである。

それにしても、日本には桜という心の花があり、沖縄から北海道まで多くの種類の桜が、我々の日々の暮らしを豊かにしてくれる。そして花見、昨今ではワシントンでもヨーロッパでも日本から送られた花の下で、ランチを広げるのだとか……。我が家では、桜ではないが同じバラ科のスモモの花が見事に咲いてくれた。スモモの俗名は、三太郎。何と、アメリカのサンタローザから導入された種が、いつの間にか三太郎になってしまったのは、実に微笑ましい話ではなかろうか。さて、桜前線は、無事に津軽海峡を渡ったのであろうか？

庭のミツバ

能古に暮らし始めて、丸八年。いや、二〇一八年の十月十日で九年目に突入する次第。東京での暮らしに慣れ切っていたから、現在の能古島の離島生活を軽く考え過ぎていた。正直なところ、自分の都合のよいよう高を括《くく》っていた。ある程度の蓄えと、家賃を払わなくてよい家があれば何とかなるだろう、と、島の生活を楽観的に考えていたのだ。

確かに、住まいのロケーションは抜群によい。この原稿を書いている部屋の窓先には、ヤフオクドームの屋根が太陽の光を受け眩しく光っている。そしてドームの背後には、百五十万都市福岡が広がっている。家からフェリー乗り場までは徒歩で五分弱。フェリーで対岸までは、一〇分ほど。月額五千円の駐車場に駐めてある車に乗れば、約一五分で福岡市の中心天神に赴ける。飛行場も、朝八時ちょっと前に家の玄関を出て空港へ向かうと、予約さえしてあれば九時の東京行きに乗れるのだ。時間さえ上手に使えば、東京で仕事をこなして友人達と食事をしても、自宅に戻り博多の夜景を楽しみながら風呂に浸って、ゆったりとした気分でベッドに入れる。

能古の暮らしぶりは、表面的には他人が羨《うらや》むほどの営みかも知れない。が、暮らしというものは住んでしばらく経たないと、その全貌は予測出来ないもの。例えば、島では手に入らぬものを、今流行りのインターネットにて購入する。常識では、早ければ当日遅くとも二日後には手元に配達されるはず。しかし、島の暮らしはここが泣き所。離島というだけで送料が倍近くかかったり、取り扱いを拒否される場合もある。大手の通販会社は辛うじて対応してくれるものの、注文した商品は直接家に届かない。島の渡船場まで、荷物を受け取りに行く必要がある。ボクはまだ車を運転出来るが、妻は免許は持っているものの島の道が狭いからと、決してハンドルは握らない。

最近、島はますます過疎化が進み、七十歳以上の老人の比率が高くなっている。島の若者は、島外にしかない高校や大学に通う間に、島に戻る意欲を失ってしまうようである。また、ある程度の生活の基盤を島外で築くと、子供の誕生をきっかけに父母を呼び寄せる。能古島に限らず、こうした背景で過疎化は年々進んでいるのである。

がしかし、悲劇的なことばかりではない。島の生活にも、素晴らしいことは多々あることが判って来た。これからの季節、家の周りのそこかしこにはラズベリー（木苺）がオレンジ色の実を付ける。これを煮付けたジャムは、本当においしい。毎日のように、自家製のパンにつけて味わっている。また現在女性の間で大人気のパクチー（ボクは香菜《シャンツァイ》と呼びたい）が、畑の中で大繁殖。もしかすると、香菜の故郷である地中海沿岸の土壌が、能古と似ているのでは？　畑に香菜を植え美しい可憐な花を愛でていたら、いつの間にか種が飛散したらしく、そこかしこに新しい命を宿し始めたではないか。

もう一つ嬉しいのが、野生のミツバ。調べてみると、ミツバは北海道から九州に至るまで、半日陰の土地を好んで自生するとのこと。これを畑用に改良栽培したものを、我々は購入して味わっている。根ミツバは、根の部分は白く柔らかく、香りもかなり高い。葉の方に行くに従って緑が濃くなり見た目も美しい。根元からバッサリと切ってお浸しにしたり、白和えにしても旨い。

能古での食卓を彩るミツバ

我が家では、正月の雑煮には欠かせない食材であった。もう一つ、この根ミツバは、根の部分を残しておいて、プランターか庭に植えると根付くほど逞《たくま》しい。植えてしばらくすると新しい芽を吹いてくれるから、それを切って再利用が出来るのだ。

が、どうしたことか福岡には根のついたミツバは売っていない。辛うじて水耕栽培されたスポンジ付きの硬いミツバがあるくらい。ところが、我が家の北側の日陰に自然に生えているミツバを発見。これを、半日陰になってしまう花壇に植えたら大成功。今では、味噌汁の具にしたり、ちょっとした時の惣菜に用いかなり重宝している。

我が暮らしは、東京のようにすべてを金銭で解決出来ないし、今はその余力もなくなった。何一つ不自由ない暮らしは望めないものの、人間らしい暮らしが営めていることに、後期高齢者になり、ようよう気がついた次第……。

大蒜すだれ

福岡地方は、例年に比べ梅雨入りが早かった。梅雨入りしたという発表があってから二日ほど雨が落ちて来たものの、後は降りそうで降らない天気が続いている。我が家のすぐ脇にある水田の持ち主は「田植えを済ませたバッテン、雨が来てくれんと稲が育たんとバイ」と、天を仰いで深い溜息をついていた。だがこの数日、ようやくにして梅雨らしい雨がシトシトと落ちている。このような梅雨を、陽性の梅雨というらしい。しかし、災害になるような雨だけは降らぬことを願う。

昨今は数多の報道がライブ感覚になり、災害が生じるとすぐ現地に報道陣が入り、克明な被害状況を報じてくれる。平成二十三年（二〇一一）の三月十一日に起きた、東日本大震災の報道はリアルであった。悲惨な状況を茶の間で眺めていてよいものかと、胸が苦しくなった。ところがこうした報道に触発され、ボランティアに参加を考えていた多くの人々の、背中を押したことは紛れもない事実。

被災者の方には申し訳ないが、つらい出来事から話を逸《そ》らそう。我が菜園の六月の収穫はタマネギの出来がイマイチだった。その代わり、ニンニクの出来栄えが素晴らしかった。こんなことが持続出来れば、余生はニンニク栽培農家として自立、などと思い違いするほどの仕上がり。そんなニンニクは、能古の食卓には不可欠な食材。毎年、悶え苦しみながらの栽培であった。が、今年になりどうやら摑《つか》めたような気がする。今までは、大手の種苗会社のカタログを見て、有名な品種、ホワイト六片の暖地用を購入。しかし、どうにも安定度が低い。そこで今シーズンは、熊本産のニンニクと、壱岐辺りで栽培されている島ニンニクの二種類を植えたところ大成功。やはり、植物は逞《たくま》しいとは言うものの、慣れ親しんだ風土があってこその生命であることを痛感。

ニンニクの歴史は、四世紀辺りに漢方薬として日本に渡来したようだ。中国の漢から直接伝播《でんぱ》したものか、高句麗経由で渡来したかは定かではない。ニンニクのことを、当初は「葫」と表していたらしいが、いつの間にか「蒜」に変化したとある。日本には「野蒜《のびる》」という、ラッキョウのようでニンニクような野生の植物があり、貴重な食材となっていた。そこで、ニンニクは「大蒜」と記し、「野蒜」と区別をしていたとの説もある。また、あまりにも強烈な匂いなので、堪え忍ぶ薬であるという意味合いで「忍辱」としたという出典もある。「大蒜」と「忍辱」二通りの表記、ボクはどちらかと言うと「大蒜」が好みだ。

我が菜園の大蒜、梅雨の晴れ間を効率よく利用して収穫。育った畝《うね》の上に二日ばかり並べ太陽

すだれのように吊したニンニク。左は赤玉ネギ。食べ過ぎには要注意

に晒《さら》す。乾燥させた後に麻ひもで二本ずつを括《くく》り、上から下へとぶら下がるように組み上げる。この状態で、風通しの良い軒下に並べて吊り下げる。この時は、直射日光と雨に当たらぬよう注意して、風のみを当てる。この仕掛けにより、五カ月くらいの間はおいしく食べられるから、本当に有難い。

檀家のニンニクの消費量は、一般家庭の三倍くらいだろうか。その理由は、中華風の料理が多いことと、スペイン風の料理にしてもイタリアンでも、ニンニクの出番がかなり多いのではないか。面白いのは、世にはニンニク信仰に近いものがあって、朝から生ニンニクをポリポリ食べたり、どんな料理にも擂《す》り下ろして召し上がる輩がおられる。だが、生ニンニクには強力な殺菌作用がある反面、腸内の善玉菌をも死滅させるし、嫌われる口臭の原因ともなる。という次第で、血液をサラサラにするというものの、食べ過ぎると胃潰瘍の原因になったり、血が止まりにくくなるのは恐い。また腸内の善玉菌が減少すると、便秘になりやすいとか。生ニンニクは勿論《もちろん》、火を通しても食べ過ぎには要注意。しかし、ニンニクのない料理はねぇ……。

もう一つ、ニンニクを育てる過程で、花芽が伸びて来る。スーパーなどで売っている、ニンニクの芽がそれ。花芽を摘んで豚肉などと合わせてピリ辛に炒めて味わうと旨いが、粒のニンニクを調味料として用いるのがよいものか、これが悩み。茎にも香りがあるから不必要な気もするが、根と茎では香りが違う。ともあれ、軒下に大量の大蒜を吊るし、暖簾《のれん》というか『すだれ』風にしている。これを、ベランダの出入り口に吊るせば、虫は来ないし優雅に見えるが、忍辱の匂いが大きな問題である。

ひこばえ

いやはや、参りました。畑の周りに柵を張り巡らせた効果があり、イノシシによる被害は激減。イノシシに代わって台頭したのが、カラス。いつもなら、屋根の上か家の隅にある楠の大木の枝でカアカアやっている程度だから、それほど気にはならない。ところが、五月の連休が明けた頃になると、我が家は果物が熟れ出す季節。この時季になると、どこから集まって来るのか、夥《おびただ》しいカラスの黒い軍団。一年間かけて、丹精込めて育てたビワを容赦無く食べてしまうから始末に負えない。

十二月から一月にかけてのビワは花を持つ、そこで脇芽を摘んだり蕾《つぼみ》の間引き。二月から三月は、摘果が仕事。寒い風が吹く中でのこの作業、大変につらく厳しい。悴《かじか》む指先を擦り合わせ、鼻水を啜《すす》りながら黙々と作業を続ける。何でこんなにつらい思いを、と、毎年同じように後悔をしている。ボクたち夫婦が食べるビワなんて、一本の木があれば十分なのに、成り行きで我が家の隣にある果樹園を借りてしまったのだ。果樹園にはビワとプラムの樹が、二十本以上あるので地獄。

三月の終わり頃から四月の初旬には、袋掛けという作業が待ち受けている。ビワを三個程度に摘果し、丁寧に袋を被せる。毎年、約二千枚の袋を用意しているが、今年はボクが摘果作業を怠った挙句、袋掛けの手伝いを友人にお願いした。この結果、摘果せずに闇雲に袋を掛けてしまったので、三千五百枚の袋を消費。一袋に三個のビワが収穫出来るとして、一万五百個。ビワの販売はしてはいないので、ただただ友人知人に送るだけ。この輸送費がとんでもない額になり、我が家にはビワ貧乏という言葉が生まれた。

ところが、今年のトータルの収穫量は例年に比べると明らかに少ない。毎朝のように、早朝にカラスが大群でやって来て、ビワを食べ漁る。袋が掛かっているから中身は見えないはず、なのに完熟した袋から啄《ついば》んでいくから不思議。ヒッチコック監督の名作『鳥』のワンシーンを思い出すような、不気味なカラスの群れにはただ驚くばかり。

被害はビワだけではなく、プラムもやられてしまったし、女房殿が丹精込めて作り、見事に実ったトマトも啄み始めている。行政に陳情し対策を立ててほしいが、あの凶暴なイノシシの件さえ取り合ってくれないのだから……。そこで致し方なく、トマトやキュウリには防鳥ネットを被せ、被害を食い止めようと必死に戦っている。

梅雨に入り、毎日が暗い憂鬱な気分でいたところ、庭に植えた山椒の木の下に実に嬉しいもの

若々しい山椒の「ひこばえ」

を発見した。山椒の木から五〇センチくらい離れたところに、五、六本の山椒の「ひこばえ」が生えているではないか。しかも、生えたての若葉である。もし、今の場所にひこばえが育ってくれたら、長い期間木の芽が楽しめる。アサリの味噌汁などに浮かせる、あの木の芽である。あまりの嬉しさに、大声で女房殿に声をかけ喜びを分かち合った。というのも、今回芽を出してくれたのは、普通の山椒と少し異なる、次々に新芽を育んでくれる偉い山椒なのだ。だが、ボケ老人は、その山椒の種類を失念してしまい、新たな苗が買えないでいたのは事実。

この嬉しいひこばえについて調べてみると、不吉な記述も見つけた。ひこばえは、ふつうは木を切り倒した後に、根の生命力が自身を再生すべく新芽を出すようだ。が、何らかの不都合で木が枯れかかった際にも、枯れる前にひこばえを発芽させ、生き延びることがあるそうだ。この他にも、うっかり根などに傷を付けると、ひこばえを誘発させることもあるとか。もしかしたら、芝刈りの際に芝刈り機の刃が根に当たったとも考えられる。

もう一つ、接ぎ木したミカンとかナスの苗を購入して植えても、何らかの拍子にひこばえとして台木の方の植物が成長し、見慣れぬ植物が姿を現すことがある。ミカンであればカラタチの木だろうし、ナスは原種のナスに戻りナスと同じ花を咲かせる。

ともあれ、山椒の木は植え足そうと考えていたところなので、殊《こと》の外《ほか》嬉しい。親木も枯らせたくはないので、これを機に大切に扱う積もり。果たしてうまく育つか、これからの重要な課題であり楽しみでもある。ところで、三十年前に創立した広告会社を、先月（六月）を以って完全にリタイア。まったく未練がないと言えば嘘になるが、今は後を引き継いでくれるだろう、立派な「ひこばえ」が育つことを願うばかり。

ライフライン

いやはや、台風十二号の進路は奇想天外のものであった。関東地方から中部にかけての海岸線に上陸し、日本列島を東から西へと移動するなんて。心配したのは、先の大雨による大被害を受けた岡山県から広島県、勿論《もちろん》山口県や大分、福岡各県の方々は生きた心地がしなかったのではあるまいか。二百人を超える尊い命が奪われ、未だに行方不明の方がおられる。このことを考えると、自然の力の中での人間の力など無に等しく思えてならない。それだけに、地球上に生を受けた人類は、もっともっと自然に対して謙虚にならなければならないのでは……。

幸い、能古島に終の棲家を構えてから、自然のもたらす災害には出遭ってはいない。強いて挙げるならば、今年の台風七号だったと思う、この時は島と博多の街を結ぶフェリーが欠航したし、かなり強い風が吹き荒れた。我が家の屋根は万が一のことを考えて、瓦ではなくガルバー合板を採用していたので問題なかったが、数軒の家の瓦が一部飛ばされたという話も耳にした。我が家での被害は、庭の南側に植わっていたシュロの幹がポキリと折れてしまったことくらいだろう。

それでも、真夜中に風が強くなると、家のすぐ脇にあるエノキの大木の枝が揺れ、家の庇《ひさし》にぶつかる音がしていた。このエノキの枝は伸び放題に伸び、貴重な電気を運ぶ送電線にも触れていた。一昨年（二〇一六年）のことと記憶するが、九州電力の係りの方がやって来て、送電線に枝がぶつかり大変危険なので、枝を切らせていただきますという話があった。勿論、それに対する不満は毛頭ない。むしろ、こちらの方からお願いしたいくらいの話であった。と言うのは、光ケーブルの細い線も電線と同じ場所に引かれており、これがエノキの枝に触れていた。もしこの線が切断されてしまったら、インターネットが繫がらなくなってしまう。

いやいやそれだけではない、送電線の本体自体が危ないかも知れない。送電線が切れてしまったらことは重大。我が家のエネルギーの大半は、電力に頼っている。調理用のガスはプロパンだが、電気がストップしてしまうと照明はおろか、電話も風呂も使えなくなる。冬ならば、床暖房もスイッチが入らないだろうし、すべてのライフラインをもぎ取られてしまうわけだ。

しかし、我が家の屋根には太陽光発電のパネルが存在する。九年前家を建てるにあたり、地球環境を守るためにと、一〇キロワット未満の発電が可能なパネルを設置。この代替エネルギーを用いれば、僅《わず》かでもエコな暮らしが出来るし、電力会社との契約で電気を買い取っていただけるという一石二鳥の有難い話。世の中の科学の進歩は目覚ましい。太陽光パネルを設置した際、リチウム電池による蓄電は世の中に浸透していなかった。が、今はかなり普及し始めた。

されば、システムさえ切り替えれば我が家の屋根の上の発電装置で、ある程度のエネルギーを確保出来ることになるのだろう。発電装置が壊れなければ、万が一、送電線が切断されても、日常の生活は何とか保てるはず。そこで近くの量販店を訪ね、蓄電システムのことを聞いたのだが、その量販店で新たに太陽光パネルを購入すれば設置が可能なのだとか。という次第で、どうしたら充電のためのバッテリーが導入出来るのか、方法は解らず終《じま》い。

　大手の建築会社に住宅を依頼すれば、家の設備に関する問題の窓口があり、相談すれば答えは簡単に出ると思う。だが、小さな工務店に建設を依頼した我ら夫婦は、湧き出ずる暮らしの悩みを、全部自分で解決せねばならない。世の中には、様々な職業がある。弁護士や税理士のような感覚で、暮らしの問題をサポートする職業が欲しいと、真剣に考えた。

電線にかからぬよう
伐採してもらったエノキ

　と、話がそれてしまったが、その後九電の申し入れは梨の礫《つぶて》。結局エノキの大木の剪定《せんてい》を植木屋さんに依頼。重機が入らぬ狭いところでの作業なので、全部が手作業。相当難儀したに違いない。それでも、枝を切り払うと、サッパリとした。これで、あと十年くらいは心配はせずに済むと思う。歳を重ねて辛いのは、ライフラインを失うこと。現に、多くの被災地で、お年寄りが困窮されているのが現実。莫大《ばくだい》な予算が掛かるだろうが、一日も早く安心して暮らせる国家にしてほしいと願っている。

スイカ大尽

梅雨明け以来、トコトン猛暑にいじめられている。暦の上では、とっくに秋になっているはずなのにまだまだ残暑が厳しい。縦長の日本列島、南北では天気がまるで違う。降るところには豪雨が猛威をふるい、崖崩れや洪水など痛ましい被害が生じている。が、我が家の周辺は極端に雨が少ない。したがって、畑の作物の大半は青枯れ状態で、収穫など及びもつかない。夕方畑にタップリと水を撒いても、翌日の昼には砂漠のような状態になっている。畑を見るだけで、世の中の野菜不足の原因が、干ばつによるものと理解出来るのは悲しい。

さりとて、我が菜園に福音はあった。乾燥が幸いしたのであろう、大好物のスイカが今季は大豊作。いや、福岡に移り住んで以来、スイカの収穫はほとんどゼロ。これまでは、スイカが熟れると見計らってやってくるイノシシとカラス。他にも長雨で病気が発生して熟す寸前で腐ってしまったこともある。過去七年、毎年五株の苗を植えていたが、スイカとして口に運べたのは実は今年が初めて。

大豊作となったスイカ

六、七キロはあるだろう大物が合計十個ばかり、二番か三番生《な》りのものも十個ほど。ということは、一株に大小四個が生ったことになる。この嬉しい天からの贈り物を、盆休みを利用して訪れた孫に収穫させると大興奮。あまりの重さに持ち上げられず、途中で落としてしまい真っ二つ。ただ割れただけだったので、丁寧にキッチンへ運びスイカジュース作りを依頼。二人の男の子は、このパフォーマンスに大喜び。最初は、スイカジュースに興味を示さなかった孫達は、自分たちの手でスイカの果肉からタネを抜き、ミキサーにかけてジュースが完成すると満面の笑顔。両親とジジババにジュースを注いでくれて、そのリアクションをつぶさに観察している。大人達がおいしいと言い、お代わりを所望するだけで、彼らは大いに自信をつけたようだ。今年のスイカは糖度がかなり高く、切ったものも、ジュースにしても素晴らしく旨い。甘味を加える必要は、さらさらない。

その後、孫達はスイカジュースが大好きになり、日に何回も真紅の液体を自分たちで作り、味わうようになってくれた。そんな二人の姿を見るにつけ、食育の尊さを思い知るのである。このことは、先進国特有の傾向かも解《わか》らないが、料理をしない若者が急増しているという。ほぼ毎日、すべての食事をコンビニかチェーン店の食堂で済ませ、あまり栄養価のことは気にしていないようだ。一部の女性は食べること自体を嫌い、ただただ細い身体を求めている。無知なダイエットを試み、病院に通われている方も少なくないようだ。

こうした現実を打破するためにも、孫の誕生をきっかけに、ジジババは食の尊さを教えてやらねばならないと思う。決して無理矢理ではなく、子供が興味を示す方向を探り、料理の手助けをしてもらい、その出来はともかくとして興味を食べものに誘導する。例えば、餃子の餡を作ってもらい皮に包む作業から始め、包み終わったものをフライパンに並べてもらう。ガスのコックを捻《ひね》るだけでも、子供にとっては新鮮な出来事に映るらしい。ま、ガスとなると闇雲に触らせても事故に繋がるので、厳重な注意は必要。ともあれ言いたいことは、小学校の中学年くらいになったら、孫にベタベタするだけではなく、何かしら生きることへのモチベーションを高める方法を、親と一緒に見出すことが肝要であると痛感した次第。

と、こじつけ気味ではあるが、改めて食育の重要さを教えてくれたスイカ。大きさから推察すると、店頭に並ぶと一個が一千五百円くらいはしているから、単純に計算しても一万五千円の売り上げが成立。加えて、三百円程度の小物も十個。しかし、これは小さいだけでマズイわけではないから、スイカジュースにして付加価値を付ける。と、どう少なく見積もっても五百円以上はするだろう。等々と愚にもつかないことを言い始めたが、スイカの大豊作によって、孫に喜びを与えられたことは、老夫婦には想定外の喜びでもあった。

もとよりスイカの原産地は、シルクロードのウルムチやトルファン近辺。ということは、乾燥にはべらぼうに強いのだが、毎年スイカが大豊作になるほどの暑さと乾燥はもう結構。スイカ大尽は、今年だけで十分である。老夫婦二人の暮らしには、二、三個あれば足りるので、お願いだから冬野菜を育む雨をお与え下さいますように……。

十月十日

我々夫婦が福岡の能古島に移住したのは、平成二十一年（二〇〇九）の十月十日。大した意味もないのだが、語呂が良いことと覚えやすい日にちだったからだ。いや、もう一つ理由があった。二十年の八月に工事を始めた家が、一年後の八月末になっても一向に仕上がる気配がない。当初は、八月末のボクの誕生日に合わせ、完成披露を行う予定であった。残念なことに、床は貼り終わったものの内壁が塗られていないし、サッシの寸法と位置が大幅に間違っており、工務店側で数回にわたりやり直しをしている。

そこで、九月の半ば過ぎが妻の誕生日なので、是非この日までに何とか住めるように、と要望したものの実行されなかった。依頼した工務店の社長が友人だったので、細かい契約書などは交わしておらず、行き当たりばったりの工事になってしまった。が、これはボクの責任でもある。という経緯から、十月十日までに移住しないと、東京の家の取り壊しが始まるので、と、引越し日を強引に決定し実行した。

我が家で飼っていた犬の名前がＴＯＴＯ（トト）だったのと、この年の十月十日が、大安吉日だったのも理由のひとつ。元より縁起を担ぐタイプの人間ではないが、終の棲家を建てるにあたり、風水のことを調べたり、運気のことを紐解いてみたら、十月十日がベターであると確信が持てたからでもある。

もう一つ、重要なファクターがあった。それは、前日の九日に高速道路に入り十日から十二日の間に料金を支払えば、高速料金が半額以下になることを知ったからでもあった。あらましの荷物は運送会社に託したが、引っ越してすぐに使うものと、愛犬のトトがかなりの臆病な犬だったので、ケージに入れて飛行機で運ぶなど考えられなかったし、車も新居で即必要だったのもその理由。車の旅は、次男坊と交代で運転し、トトの状況に合わせての移動だったが、二十時間は掛からずに壇之浦のパーキングエリアに到着。早く着き過ぎると、能古に渡るフェリーが運行をしていないので、仮眠と朝食で暫し時間を調整。

愛犬にトトと名付けたのは、名付け親の次男がアメリカのロックバンドＴＯＴＯのファンだったことと、十月十日前後に我が家の一員となったからでもある。昔は、十月十日というと、体育の日であった。昭和三十九年に開催された東京オリンピックの開会式が、十月十日に行われたことを記念してである。ところが、体育の日は平成二十二年から十月の第二月曜日に変更されてしまった。そんなことはどうでもよいのだが、なんと十月十日が銭湯の日であるそうだ。日本の銭

安吾さんの愛犬ラモーにボンレスハムを与える著者。
小さい犬は、檀家のアイヌ犬

湯は寂《さび》れゆくばかりだが、なるほど１０１０と並べると、銭湯（千十）と音では符合する。加えて、福岡には、日本を代表するＴＯＴＯという大企業もあり、我が家の水回りの製品はＴＯＴＯに頼っている。

愛犬のトトは新天地で臆することなく丸五年は悠々と暮らしてくれ、年齢も十七歳を迎え福岡市から表彰もされた。今、我が家で暮らす犬は、トトの下で教育されたラブラドールレトリバーのネロ。雌犬だが、イタリア語の黒をいただいて、ネロ。何のストレスもなくノー天気に育っているので、体重もオーバー気味の三十数キロ、幸せ一杯の可愛い女の子だ。幸せな犬といえば、昭和二十七年頃に大作家の「坂口安吾」さんが我が家に半年ほど起居されていた。この時、当時かなり珍しかったコリー犬を飼われており、書斎兼寝室に同居されていた。名前は、ラモー。「ほらタロー、これが私のラモー。タローとラモー、同じ響きだねー」と大いにご機嫌であった。安吾さんは、天気が良いとラモーを庭に出し、一緒に体を動かしておられたが、ボクの姿を見つけると「タロー、これをラモーに食べさせて下さい」と、当時は超高級品であった厚切りのボンレスハムをボクに手渡した。そのハムの旨そうなこと。後日、手渡されたハムを一口齧《かじ》ってみたところ、この世のものとは思えぬ旨さ。咀嚼《そしゃく》する間も無く安吾さんが駆けつけ「馬鹿者、男子たるもの犬に与えたものを口にするとは、何事だ」パチン、と頰を叩かれたのである。その後、厚めの一切れを三千代夫人がくださったが、叩かれた驚きとハムの旨さは未だに忘れることの出来ない、大切な思い出だ。

サツマ芋

今年の畑の中で、想像以上に出来がよかったのが、サツマ芋。毎年、決まったように安納芋と、紅はるかの二種類を植えている。どちらも、ネットリ系で糖度が高いのが特徴。安納芋がネットリとしていてかなり甘いことは、毎年種子島の友人が送って下さるので知っていた。

サツマ芋は、八年続けて栽培をしている。理由は明快、土さえ耕して置けば、肥料もやらなくてよいし、連作しても病気になり難いと聞いたからだ。つまり、ボクのような怠け者にピッタリの作物だからだ。ところが、我が畑の芋娘たちは、思うように育ってくれないのが最大の悩み。そこで学習をしてみると、苗を植えてから数回は蔓《つる》返しを行うことが必要だと、判明。生命力の強い芋の苗はあっという間に蔓を伸ばし、畑以外の場所へ移動する。これを放置すると、辺り構わず根を張り栄養分を吸収する、これを防ぐのが蔓返し。

こんなことで、芋の成長を妨げるなんて……。そこで、伸びた蔓を引きずり戻して、長く伸びたものは容赦なく切ってしまう荒療治を実施。確かに、蔓を返してやると、芋の付きがよくなるというか、悲しいくらいの細い芋達が、施術後の収穫はようやく芋らしい姿に。さらに、肥料はまったく要らないと聞いていたが、ある程度は必要なことも判明。

そうした教えを踏まえ、芋の収穫が終わった時点で畑を耕耘機で攪拌《かくはん》。腐葉土のような天然の堆肥を土の中に混ぜ入れた翌年、芋の苗を植える一カ月前の畝立て時に、馬糞《ばふん》堆肥を少しだけ施してみた。

5 重丸の出来映えだったサツマ芋

と、どうだろう、今年の芋の出来栄えは上々であった。また苗を植える際、六〇度くらいの角度だろうか、竹の棒で畑に穴を穿《うが》ち、苗を刺し入れて押しをした。この角度を浅くして、船の底に添わせるように横向きに植えると、芋はそれほど大きくならずに数が増えるのだとか。では試しにと、実際に行ってみたら、その通りの結果が出たのには驚いた。縦に深く植えた蔓には一個が八〇〇グラムくらいの巨大な芋が育ち、横にすると明らかに数が多い。結果、あまり大きくても食べ難いので、来年はもう少し寝かせた角度にして数を増やす計画。

肝心の味はと申すと、多分土の性質と合わせて日照りが続いた影響だろう、糖度は高いもののホクホクとした安納芋になった。世間一般では、安納芋と言えばネットリとしていて甘く、スプーンで掬《すく》って食べるような柔らかさ。しかし、ボクはこのネットリ感が苦手で、送って下さった種子島の友人に、「ホクホクの安納芋はないの」と聞いて失笑をかった覚えがある。なので、ボクにしてみればホクホク感が強くて甘い安納芋は、五重丸くらいの出来栄えであった。と同時に、紅はるかも同様で、大好きな鳴門金時に似た味わいだ。

このサツマ芋、日本での歴史は案外浅い。元々の原産地はメキシコ辺りで、コロンブスのアメリカ大陸発見後に瞬く間にヨーロッパに伝播し、百年後には現在のフィリピン辺りまで広がり、これが中国大陸にも渡った。丁度その頃、宮古島の役人が那覇の首里城に出かけ、宮古に帰る船が中国へ流されてしまった。この時にサツマ芋の苗を入手、後に宮古島へ定植。当時は、唐から来たのでカラ芋と呼ばれていたらしい。これが、数年後に琉球へ渡り、後に鹿児島つまり薩摩へ。薩摩藩ではカラ芋と呼んだりリュウキュウ芋と呼び、食卓を潤す素晴らしい食材となった。

リュウキュウ芋の評判を聞き及んだ八代将軍吉宗公が、蘭学者であった青木昆陽を呼び、飢饉《ききん》の備えに芋の栽培を命じたようである。これが、関東地方に広まり、薩摩から来た芋ということでサツマ芋と呼ばれるようになった。ボクは、青木昆陽がサツマ芋を日本に導入したとばかり思い込んでいた。が、吉宗公の鶴の一声があったればこそ、鹿児島から全国に広まり、多くの人々を飢えから守ったという泣ける物語が存在する。

サツマ芋はヒルガオ科の植物で、朝顔も同じ仲間。だから、滅多には咲かないがサツマ芋の花は、朝顔によく似ている。原産地のメキシコ辺りでは、スペイン語でドゥルセ・デ・バタタと呼んでいたが、マヤ語でサツマ芋はなんと呼んでいたのであろうか。ま、呼び方はどうでもよろしい。おいしくて、沢山出来ることが、人類や動物をもハッピーにするのだ。今年は、運良くイノシシに食べられずに済んだ。そこで、我が夫婦は焼き芋。ガス台に乗せるだけで、芋が焼ける素晴らしい道具にも、感謝。

結果にコミット

ここ数年、太郎農園に於《お》いて栽培が軌道に乗りつつあるのが、長ネギというか白ネギ。関東の方では根深ネギなんていう言い方もしているようだが、要するに日本全国で食べられている普通のネギ。が、福岡に移住したての頃、友人にネギの買い物を頼んで到着したのは、青ネギ。東京辺りでは万能ネギとか葉ネギとして売られていた、あれ。

以来、デパ地下やスーパーの陳列棚を覗いても、扱ってはいるものの白ネギの姿はあまり美しくない。それでも、味噌汁に散らしたり蕎麦や納豆の薬味にしたいので、ブツブツ文句を言いながら購入。福岡の方に聞くと「そんな時は青ネギを使います。だって、白ネギは臭いでしょ。私は、買いません」だって。

今は鍋の季節たけなわ。福岡で鍋に添える薬味は、大量の青ネギ。というより、博多にはコウトウネギという、青ネギの極めて細いネギがあり、フグ刺しや鍋には絶対欠かせないもの。確かに、フグ料理のような繊細な料理にはコウトウネギは欠かせないのかも。この細ネギを鴨頭ネギとか高等ネギと記すが、正式の名前はあるのだろうか。

さて鍋と言えば我が家では、白ネギは必需品。しかし、売られているネギは見た目は白いけど、嚙み切れないほどに硬い。青ネギやコウトウネギのレベルは高いのに……。という経緯で、六年ほど前にネギを植えようと決心。福岡に移住する前、三年間ほど家の近くの体験農園に通い、ある程度の知識は学んではいる積もり。体験農園というシステムは、農作業の経験のない方々を対象に、畑と農のノウハウを提供しながら楽しく野菜作りを学ばせる塾のようなところ。数人の練馬区の農家の後継者が集まって発案。このアイデアに練馬区が賛同、平成八年（一九九六）に素晴らしい制度が誕生した。体験農園は、現在全国に百三十九箇所の農園が展開されているというから驚き。農に関心のある若者とリタイアした人々にとって、このシステムは福音なのである。

ボクたち夫婦は六十五歳の時に、福岡移住を決意。この際、女房殿が発した言葉は「もし福岡に移るのなら、体験農園に通いましょう。私は畑のこと何も知らないので、誰かに教えてもらいたいの。だって、能古島に行ったら畑で野菜を作るんでしょう」というリクエスト。そこで、当時の家から自転車で三〇分の所にある、体験農園なるものに通い始めた。農園主は、何と体験農園の発案者。だからだろうか、レクチャーが大変に分かりやすく上手で、楽しみながら勉強することが出来た。

この農園で色々と教わったが、梅雨入りの前にネギの苗を二十本ほど渡され、塾長の教えのま

しっかり白くなったネギ

まに長ネギを植えた。三〇センチほどの深さの細長い溝を掘り、その溝に沿ってネギ苗を一〇センチ間隔で置き、少しずつ土をかけてゆき成長に従ってネギの茎に土を盛っていく。こうすることで、白ネギの茎が土に埋まり、白い部分が少しずつ長くなっていくのが狙い。福岡に居を移し三年目に、体験農園の塾長が福岡講演の際、我が家に寄って下さった。その時に、福岡のネギ事情の報告をしたところ「だったら、帰り次第ネギ苗を送りましょう。その前に、畑の準備をしておいて下さい」と、嬉しいお答え。然《しか》る後、数年前に学習したことを思い出しながら、ようやく畑の下準備が整った。間髪を容れず、百本以上の苗が登場。

それから三年間は、試行錯誤の繰り返し。考えてみたら東京の土とまるで異なるのである。こんなことでは、立派なネギは望めない。そこで、今度は福岡の名人に相談。すると、田んぼの跡地にはあまり深い溝は禁物。盛り土をして、そこに溝を切りネギ苗を植える。次に、溝の形になるよう高さ三〇センチの木枠を作り、土の代わりに籾殻《もみがら》を入れることを教わった。なるほど、これならば水はけがよくなり、根腐れの心配もないはず。

そこで、再び目標を立てて一念発起。理想のネギを目指し、日々精進。と、どうだろう、かなり満足の出来るネギの栽培に成功。その後は、年々進歩し背丈も八〇センチは優に超え、白い部分も四〇センチはある。当然、柔らかさも甘さも申し分ない。叶うなら、売りに出したい出来栄え。目標を緻密に立て、ようやく結果にコミットした次第。というより、達成感の喜びに打ち震えながら、牛肉と白ネギ炒めを堪能している。

晩白柚

移住して初めて分かったことだが、能古島はみかんの島であった。博多の街のちょいと離れたところから、フェリーに乗って一〇分少々。島に渡るとハッキリと認識出来るのは、目の前に大都会が広がっていることである。マンハッタンの規模はないものの、ボクの視野の中には博多の街並みがどっしり見えている。

離島は周囲一〇キロ足らず、人口は七百人そこそこ。一応、漁港もあるし島を歩けば畑らしいものも目に入る。三十年ほど前までは、半農半漁の島であったという。対岸の博多の海辺でアジア太平洋博覧会が開かれることになり、大規模な埋め立て工事が始まった。通称よかトピアとかメンタイ博、と呼ぶ人もいた。この会場を造るために、地行浜《じぎょうはま》、百道浜《ももちはま》、愛宕浜《あたごはま》といった海岸線が、かなりの広さで埋め立てられてしまった。

この事業により、地元の漁民には多大な補償金が支払われ、多くの漁民は転業したと聞く。昔から博多湾といえば、高級魚の漁場としても知られていて、ヒラメやアジは今でも高値で取引されている。しかし、この埋め立てに引き続き、国と市は福岡アイランドシティなる人工島を博多湾内に造成。これにより、博多湾にあった干潟の多くは消え、湾内の水流もかなり変化したようだ。我が能古島においても、かつてはフェリー乗り場のすぐ近くでも簡単に潮干狩りが出来たし、マテ貝という細長い二枚貝も容易に採れた。引っ越しの意図は、こうした自然の恵みを当てにした、老人のアイターン計画であったのだ。

恐らくは、他にも原因はあったのであろうが、海の様子が変化したことは事実。しかし、昔ほどではないにしても、防波堤や岩場のようなところで釣り糸を垂らすと、季節によってはアジやサバ、キス、メバルなどが釣れるから有難い。夫婦二人の夕食の、貴重なタンパク源となっている。また、特筆すべきものは、柑橘《かんきつ》類が豊かであること。素人のボクにでも、植えておきさえすればある程度の収穫は望めるのだ。

現在、我が敷地内に植わっているみかんの仲間は、冬になると炬燵《こたつ》で食べている温州みかんを筆頭に、ハッサク、ヒュウガナツ、ブラッドオレンジ、ザボン、晩白柚《ばんぺいゆ》がある。バンペイユとは、熊本県辺りが本場らしいが、赤ちゃんの頭よりも大きなみかんで、ザボンの仲間であるか、もしくはそれを改良したものであろう。とにかく大きくて、重いものは二キロを超えているから愉快。

香りが非常に高く、甘酸っぱいというより何だか花の香りがする。香りに関してはうまいこと表現出来ないが、よく言うシトラスの香りより華やかな感じがする。実が大きいだけあって房の

大きな大きな晩白柚

中身は分厚く、甘みと酸味のバランスが絶妙。水分はそれほどないが、サクサクとして食べやすく三時のおやつには最高。ただ、一つだけ欠点がある。いやはや、たとえ包丁で切り筋を入れたとしても、剝《む》くのに一苦労する。握力のない女性には、案外重労働かも知れない。

しかし、この苦労して剝いた皮は、上手に火を通すとマーマレードのような甘味にもなるし、オレンジピールのような高級菓子にもなるらしい。加えて、我が家の晩白柚は放任というか、堆肥のような有機肥料しか与えていないから、無農薬栽培の優等生のようなフルーツ。したがって、我が家に訪れ来るパティシエールには、大人気の食材。そんな方に送って差し上げても良いが、一方通行になるので、欲しい方にはプレゼント。

この晩白柚なのだが、果肉が赤い品種のものがあり、我が果樹園に一本だけあって優しい味がするのでボクの大好物であった。ところが、最初はよく実を付けてくれていたのだが、ここ数年は花は盛大に咲いてくれるもののサッパリ実を付けてくれない。剪定《せんてい》をしなければいけないのか、それとも肥料が不足しているものか、わけが分からずにいる。

一度詳しい方に問い合わせ、正しい対処法を教えていただくか、はたまた新しい苗木を植えるかして何とかおいしい実にありつきたいと願っている。昨年の夏くらいに葉を観察していたら、何だか病気のような感じもするが、果たして農薬を施せば生き返ってくれるものであろうか。インフルエンザの大流行の今、晩白柚の病気にも特効薬はあるのであろうか。

ニホンミツバチ

つい先日、ビワが植わっている畑の作業小屋に、スズメバチが巣作りを始めた。蜂の大きさと色味から推察すると、キイロスズメバチと思われるが、事もあろうに小屋の出入り口の真上でせっせと作業をしている。しばらく観察していると、巣作りをしているのは一匹だけで、一〇分ばかり作業をすると巣を後にして、再び一〇分後くらいに戻ってきて巣作りに励む。

このことを考えると、一匹の女王蜂がどこからか飛んできて、巣を作りそこに卵を産んで子孫を増やすものか、はたまた近くに雄蜂がいて一緒に将来の計画を立てているのか結論を出せずにいる。ただ、半日くらいの間に子供の掌をお椀のようにすぼめた形をした、巣の原型のようなものがぶら下がって見えるようになった。これを放置しておくと、数日後には完全に巣の形を形成し、その下は怖くて通れなくなるのは必定。

スズメバチと言えば、二〇一七年の夏に女房殿が食器を拭いている最中に、指先に強烈な痛みを感じて手許《てもと》を見ると、スズメバチが……。刺されたと直感し、応急処置を施したようである。

が、指先どころか、左手がパンパンに腫れ上がって来たとか。運が悪いことに、この時ボクは海外に出張中であったために、何の対応も出来なかった。いや、もし在宅であったとしても助けることは叶わなかっただろう。

女房殿は激痛を我慢しながら、行きつけの病院の皮膚科へ。かつてムカデに噛まれて痛い思いをしたので、応急処置として熱目の湯で刺された箇所を洗い流し、毒液を絞り出してからステロイド系の軟膏《なんこう》を塗布したそうだ。ところが、蜂の場合には熱い湯は駄目なようで、水道の水で洗い流して氷で冷す方がよいらしい。そしてアレルギー内科か皮膚科に直行することが、最善の方法らしい。蜂に刺されると、アナフィラキシーショックを引き起こすこともあり、抗体が体内に出来ると呼吸困難を引き起こし、場合によってはショック死もあるようなので怖い。

この件を思い出し、作業小屋の蜂の巣は直ちに除去すべく、殺虫剤を探したらスズメバチ用噴射タイプがあった。これは、女房殿が刺された時に、万が一のためにと備え置いたものである。付け加えておくと、我が家のリビングは夏になると三日に一度くらいの割にスズメバチが飛び込んで来る。怖いのは、体長が五センチくらいはあろうかという、オオスズメバチの侵入だ。慌てて逃げるか、例の殺虫剤を噴射して何とか撃退する。同じ方法で、作業小屋の巣も形が整う前に噴射したら、いつの間にか逃亡したので、メデタシメデタシ。

と、ここ数年蜂と相対しているのが現状だが、佐賀の七山《ななやま》近くに住まわれている養蜂家が来宅。

いただいた蜂蜜あれこれ

土産は福岡と佐賀の県境にある、浮岳と呼ぶ山で採取された百花蜜。この蜜は、春に一斉に咲き誇る木々の花から集めた爽やかで味の濃い蜜。

本来ならば、ニホンミツバチという古来日本に生息しているミツバチの集めた蜜を土産にと思われたようだが、ここ数年ニホンミツバチが激減しているのだとか。原因は、オオスズメバチを筆頭にしたスズメバチに襲われて、絶滅した巣もあるし山深く集団で逃げ出し、養蜂家の手を離れてしまったという悲しい話。そう言えば、対馬でもニホンミツバチが養育されていたが、ここ数年中国大陸から飛来したツマアカスズメバチに襲われ激減しているそうだ。この外来の蜂、北九州でも巣が発見されたとかで、環境省は必死に水際で食い止めようとしているらしい。いやいや、大変凶暴な奴らしいからこのハチの定住だけは阻止しなければ。

実は、この養蜂家のご好意で、我が家でもニホンミツバチを養うことになっていた。今棲《す》んでいる能古島の家の側には原生林が多く残っているし、年間を通し豊かな花に包まれて暮らしている。そこで、ニホンミツバチを飼育すれば、濃厚でおいしい蜜を味わえるだろうし、昔から家の周りに住んでいるニホンミツバチも、新たに家族として呼び込めるのでは、と、優しい養蜂家は仰っていた。が、女房殿のハチ刺され事件以来、この話は消滅。夫婦二人の暮らしでは、年間に消費する蜂蜜の量はほんの少し。スズメバチに飼い蜂が襲われる悲劇は見たくないし、おいしい蜂蜜は必要な時に舐《な》められるだけで十分だと思う。

メダカ

我が家で飼育している動物は、能古に引っ越してすぐに飼いだしたラブラドールレトリバーの黒。同じ犬種の黒ラブを東京で飼っていたが、福岡の家がそろそろ完成するという時に、突然破傷風のような病気にかかり、九歳で一晩のうちにこの世を去った。新天地で一緒に暮らすはずだったのに……。

もちろん、夫婦は重症のペットロス症候群に。黒ラブと一緒に飼っていたミックス犬の先輩（トト）も、突然に盟友を失って落ち込んでいた。数カ月後、平成二十一年の秋、練馬区にあった家に別れを告げ、ボクと次男坊は生き残ったミックス犬を車に乗せ、陸路で東京から福岡の能古島へ。車が苦手なミックス犬は不安だったのだろう、ガタガタと震えながら落ち込みっ放し。十五、六時間走ったところで、下関の壇之浦パーキングエリアに到着。ここで、時間調整と仮眠を取るためしばし休憩。愛犬も相当疲れていたに相違なく、エンジンを止めて眠りにつくと、ようやく横で寝息を立て始めた。

こうして、十月十日の始発の能古行きフェリーに乗り込み未完成状態の新居に到着。家に前日にやって来て荷物の荷ほどきを始めていた女房殿と友人たちの姿を見て安心したのか、犬はコンコンと眠り始めた。しかし、目を覚ますと長年共に生きてきた相棒の匂いのするものをチェック。悲しいかな、懐かしい匂いだけで相棒はいない。夫婦としても、やはりもう一頭黒ラブが飼いたいと、高名な糸島のブリーダーに愛犬を失った一週間後に申し込み、八月十三日に生まれた女の子を貰《もら》い受けることに成功。

引っ越しの片付けも終わり、未完成だった工事がほぼ終了すると、新しい家族が登場。メスの黒ラブで、カバの赤ちゃんのような顔つき。名前は、つい数カ月前まで元気な姿を見せていた「ネロ」の二代目に決定。この子は、お姉さんのネロに被り物を着せたくらい良い子になってくれます、と、女房殿は毎日抱きしめながら言い続けていた。先輩のミックス犬の「トト」は、これはネロではないと、二週間ばかり新ネロを回避していたが、お尻の匂いを嗅ぎ出すと突然面倒を見始めた。察するに、ネロの甘え声で眠っていた母性が覚醒し始めたのでは。

一旦家族として認めると、どこへ行くのも常に一緒。家の中のタブーの場所に近づくと、歯をむいて威嚇《いかく》するし、履物などに興味を示すと、犬のオモチャをどこからか探し出して気を逸らす。まさに、ベビーシッター、いや、母親気分に浸っていたのかも。ともあれ、トトが十六歳を迎えて、体の衰弱が目立ち始めるまでは、しっかり教育をしてくれていた。だが、犬の寿命とは儚い

ボウフラ退治をしてくれるメダカ

もの、十七歳を迎えた六月に女房殿とボクとネロに看取られ昇天。なきがらは、ちょうど咲き誇っていた鉄砲百合に包むようにして火葬。

最近のペットの寿命は、半世紀前と比べると、圧倒的に延びているそうである。考えてみたら、過去にボクが飼っていた犬たちは、十歳になる前に、フィラリアだとかジステンパーなんていう病気で若くして他界していた。だが、犬を室内で飼うようになるとまず蚊の害は少なくなったし、蚊が媒介するフィラリアの特効薬というか予防薬も出現。これを月に一回与えるだけで、フィラリアという心臓に巣食う寄生虫をほとんど回避できるようになり、犬の寿命が倍近く延びたようだ。

我が家には、数カ所に陶器のカメを置き、犬の水飲み場にしている。ただそれだけでは殺風景だし水が腐敗するので、梅花藻《ばいかも》や睡蓮といった水中植物を植えて、植物の力で水の浄化をしてもらっている。ところが、それだけでは、格好の蚊の住処《すみか》というか蚊が卵を産みボウフラが大量に湧き、巣窟と化していた。そこで、別名を蚊絶やしと呼ぶメダカを導入。

と、どうだろう、ピタリと蚊がいなくなった。そこで、家の周りや畑の周りを観察すると、水を貯めるために置いた手漕ぎボートの廃物や古い風呂桶《おけ》があり、そこにも大量のボウフラが。同じように、数尾のメダカを入れてみると、半月後には廃物ボートの中でメダカが大繁殖。メダカと一緒に入れた水草も徐々に増え、先日はトンボが水草につかまって脱皮をしていたし、まるでビオトープのようになってきた。夏休みはもうすぐ。孫たちはどんな反応をしてくれるであろうか。

ゴーヤ

呆気《あっけ》なく梅雨が明けたと思ったら、目の前には秋が近づいて来ている。つまり、八月八日を迎えると立秋となる。梅雨の間の肌寒さに慣れたからなのか、梅雨明けしてからは異常な蒸し暑さにほとほとめげている。和暦の七十二候には、土潤溽暑《つちうるおいてじょくしょす》という項があり、今日、七月二十八日がそれ。解説するまでもないが、梅雨の雨で湿った大地の水分が、太陽光線に照らされ蒸発し蒸し暑さを覚える頃。と、ボクは解釈している。蒸し暑さを思い描くだけでも、ますます息苦しくなるので、この辺で止めておこう。

この状況下では、朝食を遅めの九時頃にずらし、朝飯前に畑に出ると幾分か体力の消耗《しょうもう》は防げる。しかし、仕事を終え朝食を済ませた頃に、一気に疲れが出てグッタリしてしまう。要するに、歳をとって体力が衰えたことを素直に認め、相応の暮らしを組み立てればよいのかも知れない。が、それではこれから先の残された人生の希望がなくなるし、晩秋の涼しさで食欲が回復しても、自分で育てた新鮮で旨い野菜が食べられなくなる。テレビの番組の中で、一人暮らしのお年寄りが老骨に鞭打ち、畑仕事に精を出されている姿を拝見した。このモチベーションは、丹精込めて作り上げたおいしいものを味わいながら、一日でも長生きしたいからだと、ボクは確信している。余談だが、こうした行為は健康をも維持するし、脳を刺激するのでボケ防止にもなります、と、脳学者が力説していた。

だが、溽暑《じょくしょ》の畑はたとえ早朝であっても辛《つら》い。ものの一〇分も経たないうちに、顔から頭から汗が噴き出して来る。首に巻いているタオルで汗を拭いていると、次第に濡れ雑巾のようになり、そこから汗が滴り落ちる始末。体から水分が失われていることを、実際に体感出来るので、水分の補給は努々《ゆめゆめ》怠らないようにしないと危険。早起きをするのは簡単だが、畑で熱中症にだけはなりたくない。ボクの家は離島にあるので、救急車もそう簡単にはやっては来れないのだ……。

こうした暑い最中の畑の中で、苦瓜と言えばよいのかそれともレイシなのだろうか。NHKの朝ドラ『ちゅらさん』以来、ゴーヤという瓜の仲間が急速にポピュラーになった。かなり好き嫌いはあるものの、ゴーヤチャンプルーが多くの方々に認識され、スーパーなどでゴーヤが山積みにされている。沖縄や鹿児島では昔から食べられていて、その栄養価には目を瞠《みは》るものがある。ビタミンCに関しては、キュウリやトマトの五倍以上あるので、夏バテ対策には絶好の食べものらしい。また、苦瓜というくらいだからかなり苦いのだが、その苦味成分はモモルデシンとかいう物質で、胃の粘膜を保護する働きがあるようだ。沖縄では泡盛、鹿児島では焼酎を多飲するが、ゴーヤは油との融合性がよいので、夏バテや飲み過ぎた際には、チャンプルー（炒めもの）にして味わうと効果があるらしい。

中国の福建省の田舎では、ゴーヤを豚肉と炒めそこに豚や鶏で取ったスープを注ぎ、さらに火を加え塩や唐辛子で味を整える。この少々苦めのスープを、彼らはご飯の上からたっぷりとかけて、お茶漬けのようにして食べていた。早速、真似をして味わってみると、なるほどおいしい。サッパリとしているから、スムーズに食べられ、ザーサイの漬物と合わせると最高であった。このスープ、暑さで食欲が落ちた時には、

栄養豊富なゴーヤで暑さを乗り切ろう

簡単に作れるのでオススメの調理法と言えるだろう。

もう一つ、ゴーヤのイボイボの部分を丁寧におろし金で擦る。緑の部分を全部用いて、リンゴジュースと混ぜ合わせ、仕上げにミキサーにかける。やや大人味のジュースだが、たくさん収穫した日には作って冷凍。ジュースを解凍すれば、暑い日には爽やかだし、濃い場合は炭酸水で割

りカクテルにも変身。

と、福岡に熟年移住をしてから、毎年欠かさずにゴーヤを植えている。ところが、育てやすい植物とはいうものの、案外デリケートで気難しいこともわかった。日陰になるように葉を茂らせるためには、鶏糞などの窒素の多い肥料を与える。が、与え過ぎると実がつき難くなる。鉢植えはともかく、同じ場所に植えられることを嫌うし、まさにヤンチャ坊主を育てているような気分でもある。完璧には程遠いものの、厳しい残暑はゴーヤと助け合って暑さと戦ってゆこうと願っている。

ベランダサラダ

現在、我が家ですこぶる元気がよいのは、何とベランダのプランターに寄せ植えした数種類のサラダ用の野菜。あの忌まわしい台風が去り、好天が続いているというのに、畑仕事の時間がままならない。そんな時に、底力を見せてくれたのが、プランターにすくすくと健やかに育ち見事なまでの姿を見せてくれているサラダ菜達。

正直なところ、ボクはプランターに植えた野菜などと、高を括《くく》っていたのは事実。が、女房殿が大量の苗を作り、畑に植えた後かなり苗が余ったので、試しにベランダの鉢花の脇に、ロメインレタスとサンチュの苗を植えてみたら、立派な野菜に育っていることに気づく。我が意を得た女房殿は、大型のプランターを三鉢購入し、その中の二鉢にミックスサラダの苗を植えることに。残った鉢にはルッコラを直蒔《じかま》きにして育て、摘み取った後には再び種を蒔き周期的に育てている。

サラダ菜に関してはミックスの種だから、何が芽を出すかは判らないものの、毎朝味わっているサラダの具材には大上等。サラダ菜を育てている女房殿の話によると、数年間菜っ葉と付き合っていると、小指の先の大きさの新芽でも、これはリーフレタスであるとかサンチュであるとか選別が出来るようになるらしい。まず最初に、苗床となる小ぶりのセルボックスとかプラグトレイと呼ばれているプランターに種を蒔き、ある程度の大きさに成長したら、畑に移し替えるなりプランターで育てたりするわけだ。我々が園芸品店などで見かけて、レタスやサラダ菜を購入する苗が、この頃の大きさかも知れない。

　春や秋の彼岸を迎え、種蒔きの季節が訪れると、女房殿は凸レンズの付いた拡大鏡を頭に被り、ピンセットを操りながら、湿らせた土の中に種を根気よく植え込んで行く。この種が、十日ほど経過すると、白い小さな芽を吹き始める。さらに数日経つと仄《ほの》かな緑色に変色し、少しずつ成長していく。小さな小さな双葉が、日毎《ひごと》に背を伸ばし、双葉の間から本葉を広げ始める。これが、数センチ伸びると姿だけは一人前のコスレタスやサンチュの顔になってくれるか

プランターで育つサラダ菜

ら楽しい。この状態になったら、一本ずつ大き目のプランターに移植し、五センチ間隔に植えていく。隙間がないと成長するにつれ菜が密集し、伸びも遅くなるし葉を摘み取るスペースが無くなる。収穫は一株ずつ、一気に引き抜いてもよいが、株の外側の葉を一、二枚ずつ摘み取って行くと、花を持つまで味わえるし、量も夫婦二人分には充分だ。

我が家の畑は、家庭菜園ではあるが、案外広い。この畑で多くの野菜作りに加え、プランターのベランダサラダ。この作業を数年に渡り、女房殿は忍耐という言葉を飲み込みながら頑張っている。このひたむきな努力の結晶を、爽《さわ》やかな朝のサラダとしておいしく味わえることには、ただただ感謝。ベランダサラダ作りは、規模は小さくても畑仕事と変わらない。陽の当たるベランダか出窓があれば、どなたにでも成し得るとボクは思う。もちろん、サラダ用の野菜はスーパーやデパートなどで、豊富な種類が売られている。でも、でもである、プランターのサラダ菜の味を侮ってはいけない。明らかに、旨味の違いを感じるから止められない。

プランターでも、種蒔きから収穫までには手間と時間は必要。種を蒔くところから料理が始まると考えれば、壮大なドラマでもあり、手の込んだ大ご馳走と言える。これからの季節、葉ものが甘みを増して旨くなるし、鍋の季節でもある。当然のことながら、鍋には白菜やほうれん草、小松菜やネギが欠かせない。しかし、レタスやその仲間たちを鍋に入れるというのも、中々に乙な料理。

とくに、タイとかキンキとかキンメダイのような白身魚の鍋には、サラダに用いるレタスの仲間がよく合うから不思議。さっと火を通せば即食べられるし、白身魚の旨さを奪わないところが素晴らしいし、大ザルに山盛りの野菜も火を通すことによって驚くほどの量が食べられる。こんなことを言い出すと博多の方々には怒られるかもしれないが、アラ鍋やフグ鍋にも合うと思う。フグはトライしていないものの、アラ鍋の濃厚さを爽やかにすることは立証済み。ともあれ最近は毎朝、ベランダサラダで健康を維持している。

あご出汁

我ら夫婦は来年（二〇二〇年）には喜寿を迎える。しかしながら、夫婦の体力も食欲も、年を追うごとに落ちて来ているのが現実。二人で食べられる量は、全盛期の半分にも満たないだろう。それでも、頭の中には全盛期の頃のイメージが焼き付いており、あれやこれやを備えておかないと不安。本来なら、この歳になると終活を始め、断捨離を決断する必要がある。身の回りの持ちもの、もう読まない本等々と……。父のモットーと言えば、いつ来客があったとしても満腹になっていただき、笑顔で送り出すことであった。そんなことで、ストックした食料は膨大。ボクもそれを見習って実行したものの、訪れ来る友人知人も次第に年を重ね、来客の食欲も明らかに減っていることは事実。

博多湾の離島、能古島に移住して十年の歳月が流れ、何とか島暮らしにも慣れた。が、一年は長いようで短いもの、令和元年は瞬く間に過ぎ去りもう、師走。となると、正月の準備を始めることになるから慌ただしい。現在の暮らしは、晴耕雨読には遠く及ばないものの、晴れた日には畑に出て日々の野菜の収穫や、来シーズンに向けての畑の準備、草刈りに勤しんでいる。雑草は冬なのにいつの間にか成長するので、手を拱《こまね》いてはいられない。晴耕は体さえ動かせば何とかなるが、雨読が問題。日頃あちこちを飛び回って仕事をしていたためか、ひと処にじっと座っていることが大の苦手。台風の時、女房殿から「風が吹いたからと言って、屋根の様子は見なくて結構です、今日は救急車も船には乗れませんからね」などと皮肉を言われる始末……。

能古に移り住んで、毎年の年末から正月にかけては、二人の息子の家族が東京からやって来るのが慣わしだった。が、今年はどちらの家族も来ないような気配。となると、二〇二〇年は能古に移住し、初めて夫婦二人きりの迎春。女房殿はその解放感からか「ようやくシンプルなお正月を楽しめますね」と喜んでいるものの、台所では黒豆を煮て、節料理の準備中。また「畑の里芋はまだありますよね」と、筑前煮の材料の心づもりも始めている。ということで、三が日だけは、細《ささ》やか乍《なが》ら正月気分に浸り、生きている喜びを噛みしめよう。

博多には、博多雑煮という由緒ある正月料理が存在する。この雑煮のポイントは、あご出汁にある。あご出汁の「あご」とはトビウオのこと。何でトビウオをあごと呼ぶのかと言うと、諸説紛々だがあごが落ちるほどに旨いからと言う説と、昔長崎を訪れて布教をして廻った宣教師が、トビウオが飛ぶ様をみて「Agoo, agoo」と叫んだらしい。それから、あご、と称するようになったという説が何となく信憑性がある。

現在の日本ではここ数年、「焼きあご」を粉末にしてパックに詰めた「あご出汁」が飛ぶように売れている。当初、福岡の醬油屋さんが開発して売り出したところ、ジワジワと浸透し、現在では多くの企業があご出汁関連の商品を開発し、販売しているようだ。焼きあごは長崎の平戸界隈で作られていた。生のトビウオを乾かし、炭火で焼き上げたものを藁で美しく括り、のれん状にするのが本来の姿。これを年末に、博多の街でも売っていた。

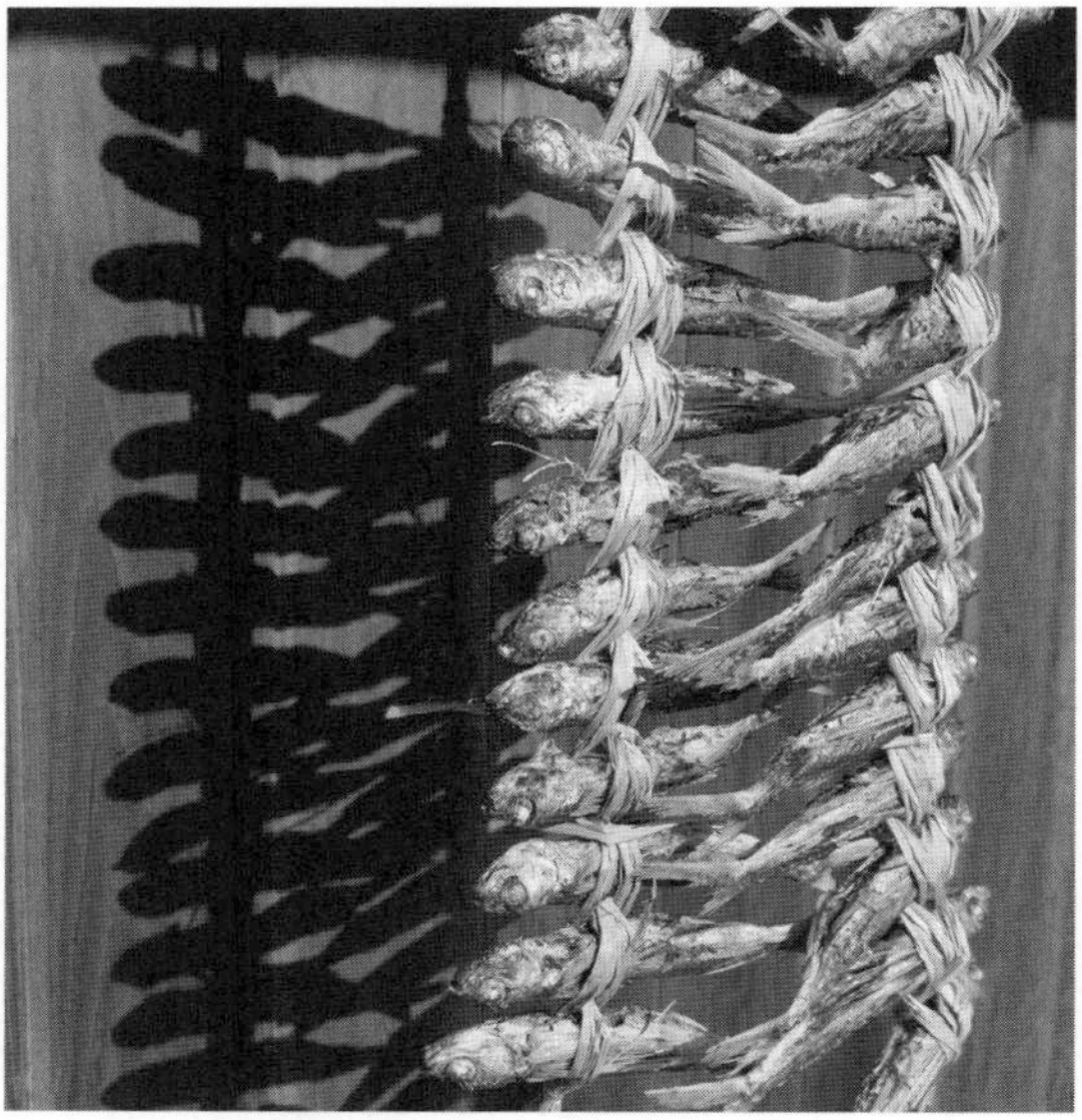

藁で括られてのれん状になった焼きあご

我が檀家ではこのあごのれんを、軒下の日陰にぶら下げ、正月用の食材としていた。これは、我が家ばかりではない、長崎から北九州にかけての風物詩でもあった。ということで、現在も三が日に味わう雑煮には、焼きあごの出汁を用いている。作り方は各家庭で違うだろうが、前の晩から焼きあごを三、四本と出汁昆布を水に浸しておく。また翌日でよいが、干し椎茸をぬるまゆに浸し、後で前夜の出汁と合わせて火を通す。湯が沸きかける寸前で火を止め、鰹節を一摑み入れすぐに掬い出す。これに、酒、味醂、薄口醬油を注ぎ味を整える。後は、カツオ菜を茹でて五センチほどに切り焼き餅の下に敷く。博多雑煮だから、鶏肉と大きな魚であるぶりを塩焼きにして加え、カマボコ、椎茸を飾ったら完成。

雑煮はもとより、こちらではガメ煮と呼ぶ筑前煮や昆布巻き、ゴマメ、栗キントン等々……。重箱三段と瀬戸の重ね碗、大鉢にも料理を盛っていたが、連れ合いと二人の量には多すぎる。伝統的なあご出汁の雑煮さえあれば、オリンピックの年は目出度く迎えられるだろう……。私的なことではありますが、長きにわたりお読み下さった連載は今年で、一区切り。応援、感謝。どうか、佳い新年をお迎えください。

あとがき

時が過ぎゆくのは早いもので、博多湾のど真ん中に位置する離島能古島に移住して、いつの間にか十五年の歳月が流れてしまった。東京都練馬区の石神井公園にある自宅が道路拡張によりほとんど消えてしまうので、転居を決断せざるを得なかった。役所の方からは「現在、住まわれているご自宅と、出来得る限り同じ条件の代替地を用意致しますので、今と変わらぬ規模のお宅を建てていただくことが可能かと……」という提案があった。しかし、そうなると今後の新しい暮らしがまったく読めない不安も生じ始めた。いやいや、東京にこだわる必要が本当にあるのだろうか、新しい土地でゼロから生活を建て直す方が夢があるのでは、という気持ちが脳裏を掠《かす》め出したのである。

そう考えたのは、起業したＣＭ制作会社も軌道に乗り、新しい世代の後輩たちも大きく羽ばたいてくれている。と同時に、ＣＭ制作という仕事は感性が命である。ボクがどんなに足掻《あが》いたとしても、若い感性にどんどん置いてゆかれてしまうだけではないか。だったら、と意を決して仕事から徐々にフェイドアウトをしながら、然る後には身も心も自由になろうとの発想が。となれば、東京の暮らしに固執することはさらさらないとの結論が……。

長年寄り添ってくれている妻の晴子は、常日頃から「あー、燦々と太陽の当たる畑で、生き生きとした野菜を育ててみたいな～」と。そうなれば、松の木に囲まれた日照時間の少ない狭い畑で、悩み苦しみながらトマトやキュウリと格闘していた石神井の暮らしにもオサラバが出来るのだ。当初は、西伊豆の富士山が望める温泉付きの土地を買って、陽当たりの良い畑で野菜を作るのもありかな、と半ば妄想をしていたのも実際の話で、売地を見に行ったこともある。

ところが、よくよく考えてみると、父が晩年を過ごした住まいが福岡にあるではないか。しかも、その家ならば父の没後、毎年の夏休みに女房殿は二人の息子を連れて過ごし熟知している。が、大きな問題が。実はその土地と建物は、ボクの育ての母の名義になっているし、父と母の最後の暮らしを支えた家と土地である。そこで意を決して義母に、

「能古島の家を買わせていただけないか」

と、お願いをしたところ二つ返事で、

「タローさん、私はあなたに何もしてあげられなかったけれど、あなたが能古の家を守って下さるなら、喜んで差し上げます。でも、能古の暮らしは厳しいわよ」

と快諾してくださり、生誕の地でもあった石神井公園を離れることに、何の躊躇もなくなった。

ところが、能古島は市街化調整区域で新しい家は建てられない法律が。辛うじて父の住んでいた家をリニューアルする程度ならば、何とか許可を出しましょうとのこと。が、福岡県西方沖地震と数回の台風の影響で、屋根には穴が開き人が住める状態ではなかった。また、土台も腐ってボロボロに。そうだろう、父が能古の家を手に入れた時も築四十年という話だったし、父が他界してから既に三十年以上経過していた。となると、簡素な木造家屋だから地震がなかったとしても、住める家とは言えぬ荒屋。

そこで、練馬区の担当者に掛け合って、福岡市と役所同士で話をしてもらい、ボク達が暮らしていた石神井の家と同規模の家の建築確認の許可を下ろしていただくことに成功。感心したのは、設計図面と業者の請負契約書を提出したら、驚くほどの速さで許可の交付と相なった次第。丁度、父の家の真後ろに五百坪程度の空き地があったので購入し、バックヤードとして活用しようと思っていたら、新しい土地台帳を見て驚いた。何とその土地の半分は、父が購入した家と同じ番地で、しかも宅地になっていたではないか。だったら、堂々とそこに家が建てられる。父の住んでいた土地は、丸々庭に仕立てられることとなった。

このような経緯があって、二〇〇九年の十月十日に能古島に移住。まだ完成途中であったが、住みながら細かいところを仕上げればという魂胆も。新しく購入した土地とは三メートルくらいの段差があったので、傾斜部分は基礎を高くして平屋に。この計画が功を奏し、ベランダとして設置したウッドデッキからの眺めは想像したよりも素晴らしい。博多の街が手に取るように望めるし、圧巻なのは二キロ弱離れた街の花火大会。音こそ多少ズレるものの、年に数回開かれる花火大会はボク達のためにあるようなもの。と、未完成ながら、東京とはまったく異なる環境で、妻と二頭の愛犬との島暮らしが始まった。

実際に新天地での生活は、想像していたものとは大違い。義母が忠告してくれた、冬の厳しい寒さは床暖房とペアガラスのサッシ、エアコンも各部屋に取り付け、さらに長男の勧めで薪ストーブも導入。しかも、平屋の広い屋根の上には、太陽光発電パネルを設置。これで、一〇キロワット弱の電力が生み出せるので、エコ対策にも貢献出来るはず。後は、念願だった燦々と太陽を受け止める女房殿の野菜畑の安定化。島の暮らしの分からないことは、ひと回り年上の隣人の話を素直に聞くことにした。

試行錯誤の島暮らしが何とかスタートラインに立てた頃、産経新聞九州・山口特別版に連載をというお話が。六十五歳を過ぎた老人夫婦が新天地に移住して、生活をリセットする様子を、急激に増えつつある団塊の世代の方々へのヒントになるよう記してほしいとのお話。しかも、週に一回の連載という意向であったが、何とか隔週にしていただいて引き受けることに……。

当初は、リタイア組の旗手になることであればと簡単に引き受けはしたものの、ことの重大さには連載が始まってから気づく始末。加えて、内容をカバーする写真を撮って添えなければならない。ただ、写真を添えるということは、フィクションではあり得ないこと。実際の生活の中から、自分の判断で暮らしのアイデアや食べものの四季を探ってゆかなければならない。

数回のお休みはいただいたものの、八年を越える長い歳月を編集部の皆様に支えていただきながら継続できた。この事実には、大いに感謝している次第。改めて、御礼を申し上げよう。この新聞連載が終わった翌年から、世界はコロナの大流行で人々の生活は一変。外出することがままならなくなり、企業も在宅勤務というシステムを選択。それまでのボクは、月に一度程度東京を訪れ広告の仕事に携わっていたが、これも全面撤退し、夫婦二人での完全なる島暮らし。島外への買い出しも極力控え、新しい形の仙人生活。いや、アラエイのジジイとババアの純粋な島暮らしに突入。だがうまくしたもので、野菜は細々とではあるが畑で育てた自家製。魚は自分で釣ったり、島の漁師さんにお願いして分けてもらう。肉は、月に一度くらい宗像《むなかた》の方の肉屋さんまで遠出をして、大量に買い込んでマイナス六〇度の冷凍庫で保存。

こんなことで、案外豊かな食生活をしながら愛犬と共に静かな暮らしを営んでいる。ありがたいのは、インターネットで食材や暮らしの諸々を注文すると、居ながらにしてほぼ意に沿うものが翌日手に入る。頻繁ではないが、たまさか友人が泊まりがけで訪れてくれると、地下のセラーで寝かせたワインと女房殿の手料理で、もてなすことが簡単に出来る。コロナ禍の中で、試行錯誤を繰り返しながらトライした創作料理に加え、父の『檀流クッキング』を再現することで、オーベルジュ・ダンが開店したと、笑いながら嘯《うそぶ》いている楽しい島暮らし。果たして、いつまで楽しんでいられるものだろうか……。

蛇足。余計なお世話だが、十五年という歳月は、生活に於いて用いるものの大半の耐用年数が過ぎて、次々に壊れてゆく。予《あらかじ》めその準備をするか、自分で直すしか道はない。己の肉体も、齢八十を過ぎるとまったく同じことであると思い識《し》った。

檀　太郎

二〇二四年六月

「ハイ、檀です！」（すべて『産経新聞』九州・山口版に連載）

萩の花によせて	2014/9/27	ネギとのお付き合い	2016/7/23
柚胡椒	2014/10/18	老 木	2016/8/27
稲《はさ》架	2014/11/1	ミョウガ	2016/10/15
蒲鉾に挑戦	2014/11/15	柿の実によせて	2016/10/29
ハッサクオレンジ	2014/11/29	夫婦茶碗	2017/2/25
クリスマスプレゼント	2014/12/27	イングリッシュガーデン	2017/5/20
アラと正月	2015/1/10	アマガエルの降臨	2017/9/9
蕗の薹	2015/2/14	ニワトリ	2017/11/11
ネギを植える	2015/3/14	救援物資	2018/2/10
地の塩	2015/3/28	春の節句	2018/3/10
〝檀々畑〟の短観	2015/4/25	三太郎の花	2018/4/7
能古の三悪	2015/5/23	庭のミツバ	2018/5/12
熟成肉	2015/8/8	大蒜すだれ	2018/6/9
エネルギー事情	2015/9/12	ひこばえ	2018/7/7
コスモス	2015/10/17	ライフライン	2018/8/4
温泉天国	2015/10/31	スイカ大尽	2018/9/1
零余子によせて	2015/11/14	十月十日	2018/10/28
ズワイガニ	2015/11/28	サツマ芋	2018/11/11
ショウガ大豊作	2015/12/12	結果にコミット	2019/1/27
竹の生命力	2016/1/9	晩白柚	2019/2/10
南南東の眺望	2016/2/13	ニホンミツバチ	2019/6/9
梅、梅、梅	2016/2/27	メダカ	2019/6/23
手前味噌	2016/3/12	ゴーヤ	2019/7/28
アザミの花	2016/5/28	ベランダサラダ	2019/11/10
昼 顔	2016/6/25	あご出汁	2019/12/22

初出一覧

能古島暮らしの始まり	2011/7/24
自給自足　土との戦い	2011/8/14
能古の食べもの	2011/8/28
文化も、欲しい	2011/9/11
檀家のルーツ	2011/9/25
博多はアジアの玄関口	2011/10/9
虫とのバトル	2011/10/23
嬉しい収穫	2011/11/13
香り豊か　自慢のつくね芋	2011/11/27
メタボリック・カマキリ	2011/12/11
薪ストーブで冬の温もり	2011/12/25
檀家の正月風景	2012/1/8
我が家のパン	2012/1/22
檀一雄生誕百年	2012/2/5
海からの贈り物	2012/2/26
土から生まれ土に還る	2012/3/11
能古島「ダン」ブランド	2012/4/8
みのむしに寄せて	2012/4/22
梅の実の熟れる頃	2012/6/24
ようこそサンマルツァーノ	2012/8/5
愛犬は老夫婦の心の支え	2012/8/26
花おくらの花	2012/10/14
能古島もイノシシ被害	2012/10/28
扇風機とストーブ	2012/12/18
しめ飾り	2013/1/8
沢庵の島・能古に	2013/1/29
「本来無一物」	2013/2/19
太宰治と父・檀一雄	2013/3/12
島の上にも三年	2013/4/9
完全無農薬レモンを収穫	2013/4/23
ガーデニングに思う	2013/5/21
あまおうのジャムは王様	2013/6/4
『奇跡のリンゴ』によせて	2013/6/18
檀家はジャム地獄	2013/7/9
スイカエレジー	2013/8/20
塩梅とは……	2013/9/3
野菜を蓄える	2013/10/12
石蕗と鰤	2013/11/9
自然の力	2013/11/23
シイタケ大尽	2013/12/14
ネギのお話	2014/1/11
父と節分	2014/1/25
さくらんぼの花	2014/2/22
人参の産声	2014/3/29
自慢のカラー	2014/4/12
隣の芝生……	2014/4/26
ビワ貧乏	2014/6/14
ど根性ゴボウ	2014/6/28
嬉しい同居人	2014/8/9
檸檬の酒	2014/9/13

Photo by Y. Inui

装幀　中央公論新社デザイン室

檀 太郎（だん・たろう）

1943年東京都生まれ。エッセイスト、映像プロデューサー。作家・檀一雄の長男。母は律子。女優・檀ふみは異母妹。CFプロデュース、テレビ番組の企画、制作、講演等で活躍。父親譲りのバイタリティーと旺盛な好奇心から世界100カ国超の国々を旅し、食、文化、風俗などについて独自の感性で綴ってきた。2009年福岡県能古島に、妻・晴子とともに移住。著書に、『好「食」一代男』『完本 檀流クッキング』（共著）など。

檀流《だんりゅう》・島暮《しまぐ》らし

2024年7月10日　初版発行

著　者　檀《だん》　太《た》郎《ろう》

発行者　安部順一

発行所　中央公論新社

〒100-8152　東京都千代田区大手町1-7-1
電話　販売 03-5299-1730　編集 03-5299-1740
URL　https://www.chuko.co.jp/

ＤＴＰ　今井明子
印　刷　ＴＯＰＰＡＮクロレ
製　本　大口製本印刷

Published by CHUOKORON-SHINSHA, INC.
Printed in Japan　ISBN978-4-12-005803-5　C0095